JN040369

天国への電話

QUEL CHE AFFIDIAMO
AL VENTO
LAURA IMAI MESSINA

ラウラ・今井・メッシーナ
粒良麻央 訳

早川書房

天国への電話

QUEL CHE AFFIDIAMO AL VENTO
by
Laura Imai Messina

First published in Italy by Arnoldo Mondadori Editore
Translated by
Mao Tsubura
First published 2022 in Japan by
Hayakawa Publishing, Inc.
This book is published in Japan by
arrangement with
Grandi & Associati
through Tuttle-Mori Agency, Inc., Tokyo.

装画／新目 惠
装幀／早川書房デザイン室

この作品はフィクションです。

登場する人物や場面はすべて著者の創作であり、実在の場所は物語に真実味を与える目的で採用されています。

亮介、創扶介、エミリオに
いつもあなたたちのそばにいる声たちに

これは、日本の東北地方、岩手県に実在する場所にインスピレーションを受けた物語だ。

ある日、ある男性が、鯨山(くじらやま)のふもとにある自宅の庭に電話ボックスを設置した。鯨山は、二〇一一年三月一一日の大津波で最大の被害を受けた場所の一つ、大槌町(おおつちちょう)のすぐ隣にある。

電話ボックスには一台の古い黒電話が置かれ、電話線のつながっていないその電話は、無数の声を風に届けている。

毎年、何千もの人がその地を巡礼に訪れる。

それは生がべつの生に　形を変えること。
コンサートの中で　オーケストラだけが替わること。
それでも音楽は残る、そこにある。
——マリアンジェラ・グアルティエーリ

北風よ、目覚めよ。
南風よ、吹け。
わたしの園を吹き抜けて
香りを振りまいておくれ。
恋しい人がこの園をわがものとして
このみごとな実を食べてくださるように。
——旧約聖書　雅歌四：一六　おとめの歌

あやに　な恋ひ聞こし——あまり急いたり遊ばすな
——古事記

プロローグ

つむじ風が、岩がちで広大なベルガーディアの庭園に生い茂る植物を宙にたたきつけた。女は体を守ろうとして反射的に顔の高さまで肘を上げ、背中を丸めた。けれどすぐに立ち直り、ぐっと背筋を伸ばした。

夜明け前になっていた。上ってくる光が見えても、太陽は隠れたままだった。女は車から大きな袋をいくつも降ろした。幅五十メートル、厚さ最大の、筒状に巻かれたビニールシート。何十個ものガムテープ。地面に固定するためのリング状の釘が十箱。そして、女性用の持ち手のついた金槌。巨大なホームセンターであるコーナンの店員は、手を見せてくださいと女に言った。手の大きさを見るためだったが、女はびくりと体を震わせた。

女は電話ボックスのもとに駆けつけた。女の目には、それが今にも壊れてしまいそうな、まるで綿飴とメレンゲでできた、いやというほど食い荒らされたもののように見えた。風はすでに嵐に変わりつつあった。もう時間がなかった。

　大槌の丘の上で、彼女と風はゆうに二時間は休まず互いに相あらそって働いた。女は、電話ボックスや、ベンチや、入口の看板、小道の始めにあるアーチを、ビニールシートで覆って保護した。一方、風は女の体を打ちつけ、一瞬たりとも放してやらなかった。その間(かん)、女は時々無意識にうずくまって自分を抱きしめた。数年前から、感情に打ちのめされそうになるたび、そうするようになっていた。けれども女はそのつど立ち上がり、背筋を伸ばして、いまや丘全体を覆いつくしている雲のかたまりに、敢然と立ち向かっていった。

　作業を終えたとたん、まるで下から空気が上がってきて天地をそっくり逆転させたかのように、口の中にあの海の味が広がった感じがして、そこで初めて体が動かなくなった。女は力尽き、蚕(かいこ)の繭(まゆ)のように何重にも巻いて覆ったベンチに崩れ落ちた。靴底はもう泥水で膨れ上がっていた。

　女は一人つぶやいた。もしも世界が滅びるのなら、自分も一緒に滅びてしまいたい。でも、ほんのわずかでも、〈あれ〉が立ったままで持ちこたえる可能性があるのなら、たとえ不格好にゆがんでもいい、最後の力を振り絞って守らねば。

　眼下にひろがる町はまだ眠りの中にあった。わずかにいくつか電気の色がついて見える窓もあったが、台風が近づいていたから、大半の家は雨戸を閉め、外に木の板を取りつけて補強していた。荒れ狂う風に扉を吹き飛ばされて室内に浸水したりしないよう、玄関の前に砂囊を積んでいる家もあった。

　けれどゆいは、雨や、いまや足元まで低く下りてきている空のことなど、意に介さないようだった。彼女は自分の仕上げたものを見つめた。どれも、ビニールシートを張り、ガムテープで巻いて固定してある。電話ボックス。木のベンチ。石畳の小道。入口のアーチ。「風の電話」と書かれた看板。

　何もかも泥と滴にまみれていた。もし台風で何かが落ちたり取れたりしそうになれば、そこに控えている自分が手を添えて支えるつもりでいた。

　基本中の基本――つまり物体は生きものほど脆くないこと、物質ならば修理や交換という手があるが、肉体は修理がきかず、精神ほど軟弱ではないにしても――心は割れたら戻らない、つまり木材や鉛や鉄ほど強じんではないということ――それがゆいの頭をよぎることはなかった。わが身の危険のことは一瞬も考えなかった。

「もう九月か」ゆいは、東から近づいてくる黒い空を眺めてつぶやいた。旧暦ならば、九月は「長月」、〈長い夜の月〉。それにしても、月ごとに同じせりふを繰り返してばかりだ。この後の十一月も、十二月も同じ。「もう四月か」、そうこう言ううちにもう五月。その繰り返しだった。二〇一一年三月一一日、日々を一日ずつ数え始めたあの日からずっと。

　苦しむのに疲れて、やっとまた一週間。屋根裏部屋にただひたすら時間を積み上げて、やっとまた一か月。その時間を使う未来が訪れるかどうかも分からないというのに。

ゆいの髪は長く真っ黒なのに毛先だけが金髪で、まるで裾からてっぺんに向かって逆さまに生えてきたようだった。母と娘があの海の災害に呑み込まれて以来、髪は染めていなかった。代わりに毎回少しずつ短くしていき、黒い部分が伸びた結果、こんなふうに後光が裾に降臨したみたいになっていた。かつての黄色と生来の黒とにはっきりと分かれた髪の色は、彼女の喪失の苦しみが経た時間の長さを物語っていた。それはいまや一種の日めくりカレンダーと化していた。

生き延びてこられたのだとしたら、それは何よりもあのガーデンと、折り戸のついた白い電話ボックス、中の台に置かれた黒い電話と、脇に添えられたノートのおかげだった。指は当てずっぽうの番号をダイヤルし、耳に受話器が当てられ、その中に声が落ちてゆく。泣く声も、笑う声もあった。人生というのは、悲劇が起きた時にも滑稽に振る舞ってみせたりするものだから。

台風が今しも襲いかかろうとしていた。ゆいはそれが迫り来るのを感じた。

その辺りでは、特に夏場の嵐はよくあることだった。暴風雨で景色は乱れ、家の屋根がゆがみ、屋根瓦が飛ばされて、蒔かれた種のように地面に散らばる。そういうことが起きるたび、ベルガーディアの管理人の鈴木さんは、いつも通り愛情を込めてガーデンを保護した。

だが今度の台風は猛烈だとの予報が出ており、しかも、鈴木さんはそこにいなかった。病気だという噂はすぐに伝わった。どの程度重篤なのかは明らかでなかったが、検査のために入院したことは分かっていた。

彼が守れないなら、誰がその場所を守るのか？

ゆいには台風が悪童さながらに思えた。自分より間抜けで無邪気な子が作った砂の城に、上から水バケツをひっくり返してやろうと、虎視眈眈と待ち構えているのだ。離れた岩陰から、いつでも襲いかかれるよう、観察している。

雲はたえず位置を変え、空全体が速く流れ、光は急いで西へ向かっているように見えた。時時刻刻下りてくる雲のさまはまるで、丘の額に手をかざし、熱があるのか、それともそのふりをしているだけなのか、確かめているようだった。

風はうなり声をあげて一気にガーデンに吹きつけた。暴風に上から押しつけられて何もかもがぺちゃんこになった。痛くしないでよ、そう呻いているかのようだった。

ゆいの髪が広がってメデューサのように膨らみ、さあっと枝分かれしたかと思うと、さらに膨れ上がった。その頭を見ただけで感覚的に分かった。風の分かれ目が、そしてピーという不吉な音の聞こえたが最後、植物は根こそぎやられるということが——緋色(ひいろ)を帯びてきた彼岸花(ひがんばな)。極楽の花、死者の花——花が終わってただの茂みに戻った紫陽花(あじさい)——風船(ふうせん)蔓(かずら)の白い花と子供たちがベルのように鳴らして遊ぶ緑の実。

もう立っているのも困難だったが、それでももう一度全身を曲げて、すべてがしっかり守られているか確認しなければと思った。時に地面を這いつくばり、時に風のかたまりの重みに押し出されそうになりながら、石畳の小道の端にどうにか足を掛けた。電話ボックスを覆っているシートを固定したフックを、今一度点検する。彼女は泳ぐように腕で風をかき、そこへ体をねじ込んだ。

　小道の石畳の一枚がみしみしと軋みを立てた時、ゆいの頭にふと、娘の言葉が浮かんだ。家の近くの側溝に被せてある石の蓋を見て、あの子は「ビスケット」と言ったっけ。彼女は微笑んだ。その記憶を取り戻せたことが嬉しかった。

　子供の頃、人は、物質に幸せを感じる。かごから突き出たおもちゃの電車や、一切れのケーキをくるむ透明フィルム。あるいは自分が真ん中に映っている、みんなの視線が自分ひとりに注がれている写真。

　大人になると、すべてがずっと複雑になる。幸せとは、成功、仕事、男や女。どれも曖昧でややこしい。それがあるとかないとか言って、幸せかどうか云々するものに変わってしまう。言葉だ。

　ゆいは今、思った。そうか、子供時代に教わったのは、幸せとは別のものなのか。つまり、正しい方に手を伸ばせば欲しい物が手に入る、ただそういう話だ。

ぬかるんだ、灰色がかった空の下で、三十歳くらいの彼女は一人、委細構わず直立していた。幸せとはどこまで現実の物の形をとりうるのか——そんなことを考えながら、昔、本を読んで他の人の物語に熱中した時のように、思考に没頭した。子供の頃からいつだって、他の人の物語はどれも例外なく、自分の物語よりいいと感じていた。ラジオの仕事に就いたのはそれが理由だったのではないかとも思った。誰かの人生の話を夢中になって聞くことが、彼女にはこの上なく魅力的だった。

数年前から、ゆいにとっての幸せは、円いダイヤルの中に1から0までの数字が書かれたあの黒く重たい物体から生まれるようになっていた。受話器を耳に押し当て、東北地方の遠い丘に佇む、そのガーデンの光景に見入った。Vネック状の地形なので海も見え、かすかに波立つ潮のにおいを感じた。そこでゆいは、三歳で止まったままの娘と、その子を最後まで抱いていてくれた母と話せることを夢見ていた。

幸せが物となるなら、その安全を脅かすものは全て敵になる。それが風のようにつかめないものであっても、天から降ってくる雨であっても。

この空っぽの人生を犠牲にしても、〈あれ〉、そして、声を届けるあの場所には、何一つ危害を加えさせるものか——ゆいはそう思っていた。

I

1

その話を初めて聞いたのはラジオでだった。

番組の終わり頃に参加したあるリスナーが、妻を失ったあとの元気の源について話していた。

その放送回のテーマを決める前、局では入念な話し合いがなされた。彼女が底なしの闇を抱えていることを、その場にいる全員が知っていた。それでもゆいは、どうしてもと言って聞かなかった。何が起きても自分は大丈夫だからと。何しろあれほどの苦しみを経験したのだ、もはやどんな拷問に遭わされたところで、傷ついたりしなかった。

「みなさんは、大切な誰かを失ったあと、これをしたら朝起きたり夜寝たりするのが楽になった、そんなことはありますか？　つらい時、何をして元気を取り戻していますか？」

意外なことにその回は、思ったよりずっと明るい雰囲気で進んだ。

青森県の女性は、哀しい時は料理をすると語った。甘いケーキに塩味のケーク・サレ、マカロン、ジャム、コロッケや魚の照り焼きなんかの小料理、お弁当に入れるゆで野菜。料理欲求に駆られた時に全部冷凍してしまえるように、専用の冷凍庫まで買ったと言う。毎年三月三日、女の子のための祝祭であるひな祭り。昔、その日は娘のお祝いで、冷凍庫の隅々まで念入りに霜取りをしたものだった。ひな人形が居間に飾られて、日本の宮中の様子を表した様々な人形が壇上に並ぶ様子を目にしたら間違いなく、皮をむきたい、刻みたい、湯通ししたい、そんな切実な欲望が湧き上がってくるはず——彼女はそう確信していた。料理をしていると元気になれるんです、女性はそう言った。もう一度、自分の両手で世界に触れることとの助けになるのだと。

愛知県の若い会社員からは、犬や猫や、フェレットと遊ぶためにカフェに行っているという電話がきた。フェレット、そう、特にフェレット。彼らがその小さな顔を自分の手にこすりつけてくれるだけで、生きている喜びが甦ってくる。あるお年寄りは、自分の話し声が寝室にいる妻に聞こえないよう声をひそめて、パチンコに行っていると打ち明けた。婚約者との死別を経験したサラリーマンは、苦いココアを飲みながら、音を立ててお煎餅をかじることを覚えたそうだ。

みなの顔をほころばせたのは、東京の主婦で、五十がらみの、事故で親友を亡くしたという女性からの電話だった。フランス語の勉強を始めた彼女は、日本語とは違う抑揚や、例の喉から出すRの音や複雑なアクセント、それらをただ発音するだけで、まるで違う自分になれるような気がすると語った。「言葉はちっともできるようになる気がしないんです、才能がないの。でも、『ボンジューーーール』っていう時のあの快感、あれが何物にも代えがたくて」

最後の電話は、二〇一一年の大震災の被災地の一つ、岩手県からだった。番組プロデューサーが含みのある視線を音響さんに向けると、彼はしばらくパーソナリティのゆいをじっと見ていたが、そのあとふたたび目線を機材に落とし、最後まで顔を上げなかった。

そのリスナーも、ゆいが娘と母を亡くしたように津波で妻を亡くしていた。家は土台ごと水に引き剝(はが)され、妻の体は瓦礫(がれき)とともに押し流され、〈行方不明〉に数えられている。今、彼は息子の家に住んでいるけれど、内陸にあるその土地では、海は想像の中にしかない。

「それでね」かなり短い間隔でたばこを吸いながら、その声は切り出した。「電話ボックスが庭園の真ん中にあるんですよ、ぽつんとした、周りに何もない丘の上に。その電話っていうのは、電話線はつながってないんだけど、そこで話した声は、風が持って行くんです。もしもし、洋子？　元気？　って言うと、いつかの自分に戻ったような気がするんですよ。妻は台所にいてぼくの話を聞いてくれるけど、いつも朝食か夕食の準備で忙しそうでね、ぼくの方は、熱いコーヒーで舌をやけどして、それでぶつくさ言ってたりして」

「昨日の夜、孫にピーターパンの話を読んでやったんですが、ほら、空飛ぶピーターパンは自分の影をなくして、それを女の子が靴の裏に縫いつけてくれるでしょ。あの丘に行くぼくらもね、それと同じだと思うんですよ。自分の影を取り戻そうとしてるんですね」

局内にいた人たちは、まるで突然、自分たちの真ん中に巨大な異物でも落ちてきたかのように、全員押し黙っていた。

普段なら、選び抜いたわずかな言葉で長い話を切るのが得意なゆいも、息の音一つ立てなかった。リスナーの男性が咳をして編集スタッフがその音をぼかした時にようやく、ゆいは夢から覚めたような気がした。急いで曲紹介に移ろうとしたゆいは、そこにあったタイトルの純粋な偶然に目を見張った——マックス・リヒター、「ミセス・ダロウェイ：イン・ザ・ガーデン」。

その夜はほかにも多くのメッセージが届いた。ゆいがもう渋谷行きの最終一本前、そしてそのあと吉祥寺行きの最終電車にのっている間にも、メッセージは届き続けた。

少しも眠くなかったが、目を閉じた。まるで同じ道を行ったり来たりしながら少しずつ細部に目を向けていくように、あのリスナーが言っていたことを何度も何度も繰り返し思い出した。道路標識、看板、家。その道を暗記したという自信がつくまで、ゆいが眠りに落ちることはなかった。

その翌日、母と娘を亡くしてから初めて、ゆいは二日間の有休をとった。

車のエンジンを再稼働し、ガソリンを補充し、衛星カーナビが出す短い指示にしたがって、鈴木さんの〈ガーデン〉を目指した。

幸福とまではいかなくても、せめてもの救いが、物のかたちをとり始めていた。

2

その夜、ゆいのラジオ番組で流れた曲のプレイリスト

フェイキヤー「Jonnhae Pt.2」
ハンス・ジマー「Time」
プラッド「Melifer」
アグネス・オベル「Stone」
坂本九「上を向いて歩こう」
ザ・シネマティック・オーケストラ「Arrival of the Birds & Transformation」
マックス・リヒター「Mrs. Dalloway: In the Garden」
ヴァンス・ジョイ「Call If You Need Me」

3

衛星カーナビに振り回されている間、ゆいは嘔吐(おうと)しないでいるのに必死だった。

海を見ると、最初の十分は毎回必ずその現象に見舞われた。まるで、目にしただけで海が口の中に入ってくるようだった。というか、むしろ誰かに、漏斗(ろうと)で無理やり口内に海を流し込まれているみたいだった。そうなってしまったら、急いで何かを口に入れた。チョコレート一かけ、飴一個。数分もすれば心臓は落ち着き、痙攣(けいれん)もおさまった。

津波がきた直後の一か月、避難者になったゆいは、小学校の体育館に敷かれた二×三メートル四方の布きれの上で、百二十人と一緒に生活した。けれどあの場所で感じた孤独は、もう二度と経験したくなかった。

三月には珍しいほどの大雪が降っても、ゆいはできるかぎり体育館の外に出た。小学校の校庭に隣接する建物の壁の割れ目に体を押し込めたり、あるいは地面にしっかりと根付いているような気がする木の幹にしがみついたりして、そこから、しかるべき場所に戻った海や、あとに残された瓦礫の山を眺めた。

ゆいは海水をじっと観察し、何週間もそれ以外のものを見ようとしなかった。あの中に、答えがある。彼女には確信があった。

毎朝、毎晩、ゆいは同じ質問をしに、インフォメーションセンターに通った。二つの名前、細いおさげ髪、中くらいの長さのグレイヘア、スカートの色、お腹のほくろ。

帰ってくると、本当なら六歳から十一歳の子供たちが使うはずの、小学校の狭いお手洗いに素早く立ち寄った。絵や折り紙がたくさん飾られた廊下を通り抜ける。それから、あまりに馬鹿げていて言葉も出ない、あの四角い生活の場に戻る。

何人かは、リノリウムの床に敷かれた布きれの間で、たえず何かしら話していた。あれは本当に起きたことだという確信を得るのに、その人たちにしてみれば、言葉にするほか手立てがなかったのだ。他の人たちは、悲劇が起こると分かっている次のページに進むことを恐れるかのように、何も言葉を発しなかった。ページをめくらなければ、たとえそれが自然な成り行きであったとしても、その出来事は起こらない。さらにまた別の人たちになると、もう何もかも知っているので、それ以上何も言うことがないのだった。大部分の人はまだ待っていて、ゆいはそのうちの一人だった。

インフォメーションセンターから届く情報に応じて、人々は二つのグループに振り分けられた。時々場所を移る人がいて、その人たちは、自分たちの待っている人が自分たちを待っているはずの、別の避難所に行くのだった。

あの場所には、聞いたら仰天するような、何百もの語られるべき話が転がっていた。そのどれもが、あとから振り返れば、偶然の賜物（たまもの）のような話だった。（「もし病気で寝込んでなかったら……」「もしあの日、車で左じゃなく右に曲がっていたら……」「もし車から降りてなかったら……」「もしお昼を食べに家に帰ってなかったら……」）

海岸から百メートルのところにある市役所のスピーカーから、若い女性職員が一瞬の中断もなく警告のアナウンスを続けた――津波が来ます、高台に向かって走ってください、鉄筋コンクリートの建物の最上階に上ってください――あの声を誰もが聞いていた。その人も助からなかったことを誰もが知っていた。

今、みなが充電のために列をなしている携帯電話の中の写真には、屋根にしがみつく人々や、海水で全壊した車や、はじめは粘り強く耐えたものの、最後には洗面台に水を流したように人間のあとに続いて流されてゆく家々といった、きわめて不条理な光景が再演されている。

それから火だ、あれが水に勝つなんてことは誰も想像できなかった。みな子供の頃から、チョキはパーに、パーはグーに勝つ、そう教わってきたのだから。水は必ず火に勝つ、なぜなら水は火を消す、だから大丈夫。そんな子供時代の保証に油断して、誰も思い出せなかった。全ては時間で決まること、煙というのは人の肺に充満するということ。津波で死に至るのに、水との接触は必須でもないということを。

あの日一番強い地震がおさまってすぐに逃げてきた、小さな町を取り囲むその高台で、ゆいは海が迫ってくるのを見た。他にすべきことなど何もないと言わんばかりに、ものすごく遅く、しかし迷いなく向かってくるように見えた。前進する以外、海に一体何ができたというのか？

自宅から離れた場所にいたゆいは、娘を連れて地域の避難所の近くまで来たという母からのメッセージに安心して、近くにいた人たちに付いて行くことにし、足の悪いおばあさんを手伝ったり、できるだけ周囲の役に立てるように振る舞った。自分は助かったと心の底で確信していたからだった。ほんの一瞬、自分の幸運に罪悪感すら覚えた。

山中の空き地に着くと、みなは劇場のバルコニー席のように向かい合った。過剰なまでに技術を信奉する彼らの手には、携帯電話が握られていた。みな、興奮と恐怖の境目のない子供時代に戻ったように見えた。だがしかし、海は激しく地に襲いかかり、そのまま山のふもとに達するまで止まらなかった。そして沈黙だけが残った。

ゆいにとってその光景はあまりにも非現実的だったので、実際に何を目撃したのか、彼女はしばらく確信を持てなかった。

津波は当初の予測をはるかに超える地点に達し、そのためいくつかの場所に関しては、

「避難所」という言葉が、遅ればせのうたい文句、見当外れの言葉に変わった。不正確な定義が、実は似ても似つかない二つの事柄の間に強固な符合を作り出すのと同じことだった。そういうことがゆいの娘と母にも起こり、二人は避難所で死を迎えた。

一か月の間、二×三メートル四方の布の上で待っていたゆいは、ある時から自分が何を待っているのかよく分からなくなった。地震の瞬間に近くにあったわずかな物品が、花冠(かかん)みたいに彼女を取り囲んでいた。あとからそこへ、水のペットボトル、タオル、インスタントラーメン、おにぎり、エナジーバー、生理用ナプキン、エナジードリンクが加わった。古びる一方の物たちに囲まれて、彼女は事の終わりを待っていた。

それからついに遺体が見つかって、ゆいは海を見つめるのをやめた。

4

ウェブサイト「hinansyameibo.katata.info」掲載データ（更新：二〇一九年一月一〇日）に見る東北の大震災

死者　一五八九七人
行方不明者　二五三四人
避難者　五三七〇九人
震災関連死　三七〇一人

5

ゆいは、人の気配がなくなった土地、大槌町の灰色の道を車で横切った。そこは二〇一一年三月の災害で大規模な被害を受けた場所の一つであり、住民の一割が、海に呑み込まれるか、何日も続いた火災によって亡くなった。

津波にさらわれた土地は、今ではすっかり均された広大な空き地のようになっており、離れた所にぽつりぽつりと、簡素な建物や地均し機や、何に使うとも言いようのない機械があった。

それらを見ると、ひどく広いのに人がまばらな場所、たとえば山間で不意に目の前に広がる墓地を思い出した。

工事中であることと、土地を担当する建設会社の名前が示されたのぼり旗が、たえまなく吹く風にぐいぐい引っ張られていた。

浪板海岸の近くの、自然の入江に沿って広がったり狭まったりする道を走っている時に、ふと疑問が浮かんだ。もしあのラジオに出た男の人が嘘をついていたとしたら？　その場所は、電話番号やファックス番号と一緒に実際の地図に載っていたから嘘ではない。そうではなくて、あの人に起きたという作用が自分には起きないのではないか、という疑問だった。

庭園に電話ボックスがあり、電話線のつながっていない電話で亡くなった人たちと話すことができる。本当にそれで、この気持ちが癒されるのだろうか？　それに母に何を言えばいいのか、娘に何を言えるだろうか？　彼女はその考えにとらわれた。

カーナビは支離滅裂な指示を出し続けていた。もうかなり近くまで来ていたから、それ以上の説明を放棄したのだった。彼女は車を寄せてエンジンを切った。

あるいは、ベルガーディアがものすごく混んでいて、列に並ばないといけなかったら？　だいたい、話をしたい死者が一人もいないなんて、そんな人がいるだろうか？　あの世に関係することで、一つの心残りもない人なんているのだろうか？

見えるものといったら人の肉体と、色とりどりの水泳帽と、膨れた浮き輪だけという、よくある中国の巨大なプールを思い浮かべた。みんなが入りたがるから、誰も泳ぐことができない。水の下にあるのは、一つの思考だけ。

ゆいは、外で順番を待つ人たちと言葉を交わすようなことは、自分には絶対できないと確信していた。

学校のお手洗いのようなものだ。いつ出てくるの？　あとどのくらいかかる？

助手席に放り出されているビニール袋をまさぐった。東京を出る前にチョコレートや缶コーヒーと一緒に買っておいたおにぎりの包装を解いた。頰ばりながら、景色の観察にとりかかる。

そこは、名もない田舎の小村だった。廃屋。典型的な藍色の屋根の、二階建ての家。家から続く庭には、小屋や、耕された畑、たまに鶏小屋。右手に広がる海に、なめらかな丘の稜線（りょうせん）が流れ込む。背後には山がどっしりと堅固にそびえている。

その景色に溶け込むと、緊張がゆるんだ。渋滞も、店もない。電話ボックスの前に人だかりができていたら、という不安の根拠は見あたらなかった。

それから、雲と雨が数時間続いたあと、空から大量の光が一気にこぼれ落ちた。それでゆいは、ある庭の軒先で柿を並べて吊るし、干しているのに気づいた。バックミラーでのぞいていると、男性が家から出てきて、豊かな枝ぶりの木にはしごを掛け、登っていくのが見えた。枝切りばさみを握り、木を剪定（せんてい）しようとしている。

彼に道を聞いてみようか、と思った。鈴木さんという方のお宅までです、風の電話の、そうです、ベルガーディア、ご存じですか？　しかし考えて躊躇（ちゅうちょ）した。そんなお願いをすれば、自分が喪に服していることまで見知らぬ人に知られてしまう。人に態度を変えられたり、哀れみから張りつめた笑顔を向けられたり、萎縮してお決まりの気遣いをされたりするのは、大嫌いだった。

ところがその時、若い顔つきながら白髪の男性の姿がフロントドアの窓の視界を横切った。ゆいは、その人も自分と同じだと悟った。生き残った人だ。

具体的に何と説明すればいいか分からなかったが、彼の顔の中のどことも言いがたい場所に、ゆいにもあるのと同じ、ごく小さな翳(かげ)りがあった。それは生き延びた人間が、他人の苦しみを感じないで済むように、喜びも含めて、あらゆる感情を棄てた自分になれる場所なのだった。

男性は両手で地図を握りしめ、頭には帽子を乗せ、胸元に広げた紙がはためいていた。辺りを見回して、捜している。

それから数年の間に、ゆいはその男性をよく知ることになる。そして、風の電話に向かう彼の曲がった背中を、耳に押し付けた受話器を、電話ボックスの格子の四角形で小さく区切られたその体を、じっくりと見つめることになる。

彼は毎回、妻の愛したホイップクリームとバナナのスペシャル・エクレアが二つ入った紙袋を、潰れないように手持ちで、必ず持参するようになる。そして新しい習慣のように、彼ら二人、ゆいと藤田さんは、一緒にベルガーディアのベンチに座ってそれを食べるようになる。

心をできるだけ空っぽにして、二人で海を見ることもある。というのは、ゆいが、東京に引っ越して以来海と距離をとっていたにもかかわらず、一年半も離れていたら、ふるさとに帰って懐かしさに浸りたくなるからだった。多くの人が言う。初めは憎く思っても、人はふたたび愛するようになるものだ。人を殺めた子であっても、どうしても勘当することができない——そうした身を嚙むような感情が人にはあるからだと。

「時間が経っても、大切な人の思い出は古くならない。年をとるのはぼくたちだけ」今また地図を広げ、風に髪を乱されているその男性は、よくそんなことを言うだろう。

　車から降りると、空気が潮気で満たされているような感じがした。目の前に海があるから当然だったが、その一帯に漂う濃密なにおいには、どうしていいか分からなくなった。それ以上考える時間を残さないよう、ゆいは急いで車の鍵をかけた。

　今まさに道を渡りきり、ゆるい下り坂に踏み出そうとしている男性に向かって、ゆいは正面から歩いて行った。彼は海に背を向け、上を見上げながら歩いていた。

　ゆいは肩先に風を感じた。押される感じがした。背中に実際に手が置かれたみたいに、何度も小さく押し上げてくる風の手が、ゆるやかな上り坂の先にある鯨山まで、彼女も一緒に運んでくれるようだった。

「すみません！」彼女は男性のもとへ急ぎながら叫んだ。声はしだいにかすんでいった。もう一度言った。すみません。今度こそ言葉は風にしがみつき、彼のもとに届いた。

男性が振り向くと、地図が胸のところでくしゃっと折れた。

彼は微笑んだ。一目で理解したのだ。彼女も彼と同じ、二人は同じ理由でそこにいるのだと。

6

そのほか藤田さんがよく言ったこと

「睡眠は万能の薬」
「他のことをよく知らずしては、みずからの弁えなりがたし」（宮本武蔵を引いて）
「出かけないといけない時に限って、鍵が見つからない」
「カプチーノは上にシナモンが振ってあると最高においしい」
「生兵法は大疵のもと」（やっぱり宮本武蔵を引いて）

注：宮本武蔵『五輪書』は、ニッコロ・マキャヴェッリ『君主論』と並ぶ、藤田さんの愛読書。

7

およそ一年間、ゆいは繰り返し同じ夢を見た。毎晩、夢で娘を妊娠したのだ。

一旦その子がお腹から出てくれれば、また一からやり直せるようになって、一つ一つの手順を繰り返していけば、娘を取り戻すことができる。ゆいの中の何かがそう言っていた。

喪に服して一年目のあの年、理性は、自分には介入する権利がないとでも言いたげな顔をして、いつも彼女の夢の隅の一角に留まり、無言でゆいを見つめていた。ところがゆいが目を覚ますやいなやそれは今までじっとしていた場所から立ち上がり、ささやくのだった。今のは想像の産物だ、力を奮い立たせて前に進まなければいけないよ。

たとえ自分がまだ妊娠していたとしても、たとえ、ありえないこととはいえ、仮にまだあの男と一緒だったとしても、額の真ん中に傷痕が、それから鼻から頬にかけてそばかすのあるあの子が帰ってくるわけではないのだ。すっと筋の通った高い鼻と、注意を全部そちらに向けてほしい時の甲高い叫び声を仮に諦めるとしても、何の意味もない。あの子が戻ってくることはないのだから。

ゆいと正面から向かい合った藤田さんは、恥ずかしそうに笑って言った。いえ実は、その場所がどこなのか全く見当もつかないんです、この近くで間違いないはずなんですが。そうなのだ、藤田さんも、何か月も前から、真夜中がくるたび同じものを見ていた。

夢の中で彼は娘にアドバイスをしている。その子は三歳で、生きているけど何も言わない。母を亡くしてからずっと無言でいるのだ。父は娘に、思いつくかぎりのアドバイスを与える。娘の手をとって自分の両手の間で無心にさすりながら、物事の正しい作法を教えてやる。お箸で食べ物を突き刺さないこと、お箸はこうやって持つんだよ。あくびをする時は口の前に手を添えて。それから、食べる前はいただきますを言って、そうそう、軽くお辞儀もしよう、こんなふうにね。家に帰ったら必ず手を洗って。何よりも、口だけの笑顔じゃなくて心からにっこり笑いなさい。

教育よ、教育は大事。それは妻が生きていた頃の口癖だったが、彼自身も同じように思っていたし、彼女が亡くなってからはいっそうその思いが強くなった。

彼はそういった言葉のすべてに底無しの信頼を置いていた。頭の中を水浸しにし、生きている間じゅう反復されるそうした指示に。最初は母や父の声で聞こえるが、時間とともに徐々に自分自身の声音を帯びていく、それらの言葉に。

「どれも、妻がいつも娘に言っていたことでした。ぼくも毎日聞いていたけど、自分から言ったことはなかった。言うのは妻に任せきりで、たぶんぼくは心の底で、自分の役目は脇役みたいなものだと思ってたんでしょう。でも今は、道端とか公園とか、スーパーとかでお母さんたちを観察しているんです、何かコツを盗めないかと思って。どうしたら子供が話してくれるようになるのか、どうやったらこの世界に生きているだけで幸せにしてやれるのか」

「ああ、それは誰にも分かりません！」ゆいはその夜、本能的に藤田さんの方を向いて即答したのだった。

その日の午後、二人は鯨山を捜して長いこと歩き回り、その界隈では唯一の食事処でおいしいものを食べ、ゆいは彼を駅まで自分の車に乗せて行った。車中で過ごした三十分強の間に日が沈み、辺りを照らしていたあらゆる光が消えた。大槌湾の真っ暗闇を通り抜ける二人の間に沈黙が流れた。

それは誰にも分かりません！——その言葉を発すると同時に見とがめた藤田さんの顔に、きまりが悪いです、と書いてあったので、ゆいは思わず笑った。その直後、彼女に驚くべきことが起きた。

その男性の純粋さに驚いたのではない。ゆいは、娘としても、妻としても、父親というものについては何一つ知らなかった。幸せのように複雑な事柄は言葉よりもお手本から教

わるものだということ、そして何より、誰かに生きる喜びを伝えるためには、自分自身が
それを十分に得ている必要があるということだけは、直感的に察知していた。
違うのだ、ゆいが一瞬我を忘れ、目を見開いたのは、自分の喉の中で暴れまわるその音
のためだった――笑っていた。彼女は笑っているのだった。
最後に大笑いしたのがいつだったか、そんなにも楽にしていられるほど軽やかな気持ち
になれたのがいつだったか、覚えてもいなかった。
彼女を愛する誰かがその笑い声を聞いていたなら、きっと心を揺さぶられただろう。
「あ、そうですか?」藤田さんは、そう言って笑い返した。

8

子供たちに生きる喜びを感じてもらう方法

・藤田さんが吉祥寺の京王ストアで会った、黒田さん（さくらちゃん［二歳］のお母さん）の話

「叱ったのと同じ回数（または一回多く）褒めること、土曜の朝は一緒にホットケーキを焼くこと、子供が『見て』って言ったら必ず見てあげること」

・井の頭公園で、他のお母さんたちを交えたおしゃべりから。安西さん（逞桜（たお）くん［三歳五か月］のお母さん）の話

「毎日公園を走らせてあげること、わがままを言う時は抱きしめてあげること。ダメって

言わないで済むように、おもちゃ屋さんには連れて行かないこと」

・藤田さんの同僚、今井さん（康介くん［七歳］のお父さん）の話

「一緒に恐竜の本を読むこと。魚を見に水族館に連れて行くこと。子供の質問は、聞かれて困るようなことでも必ず答えてやること」

9

「ベルガーディア？」横に大きなポケットが縫い付けられたエプロンをした、腰の曲がったおばあさんは、見慣れない二人にそう尋ねた。隣にいる黒い犬は楽しげに口の中で何かを噛んでいる。犬はずっしりとした胴体を地面に横たえて座り、二本の細い足はすぽんと前に出ている。「あそこへ行きたいのね？」

「はい、そうなんです。ここから近いでしょうか？」

ベルガーディアへの道のりの最後のハイライトでは、おばあさんが現れて仲介してくれた。八十歳をすぎているであろう彼女は、片方の手を曲げて腰に当て、もう片方は横に垂らして歩いていた。

おばあさんは、ベルガーディアの管理人である鈴木さんの家の入口まで連れて行ってくれると言った。「いらっしゃい」彼女は気立てのよさそうな微笑みを浮かべてそう言い、自宅の一番奥まった部屋を案内するような素振りで彼らを先導した。

　その人は九州の出身だったが、人生のほとんどをここで過ごしてきたから、どこで生まれたかはもうあまり関係なかった。結婚してすぐ夫と一緒に越してきた、夫は漁師だったと彼女は語った。ここは世界一美しい場所なんだと言われ、そう信じた。それで彼の実家を片付けて、一緒に海辺の暮らしを始めた。彼の船は辺りが真っ暗な時刻に錨(いかり)を上げ、そして夜が明ける頃に帰ってきたから、日々は昼と夜との二つに分かれていた。

　彼女は言った。最初の頃特に驚いたのは、夫がたまに北の方に赴いた時に持って帰ってくる、よく太ったカニだった。紅(べに)色と金色のとても長い足。初めて見た時は、あのはさみが恐ろしい生命体のように見えた。「でもとってもおいしいのよ、一度食べてみてほしいわ」

　海のほうに体を向けたゆいには、水に浮かぶブイの赤い頭が見えた。彼女は想像した。女性の体が縦に伸び、重ねてきた歳月が上着についたほこりのようにさっと払いのけられ、顔の両脇のしわが押し広げられる。若くしゃんとした彼女が、家の戸口に立って海を見つめている。足元に今とは違う犬、腕の中には赤ん坊、着物の裾にもう一人少し大きい子供、昔流行ったぱつんと短い前髪をして。彼女は若妻に特有の不安を胸に抱きながら、水平線に目を走らせ、夫の船を捜している。それから手を挙げ、見て、と叫ぶと、水の広がりを穿った小さな染みを指差した。

ゆいと藤田さんが心の準備も整わないうちにベルガーディアに着いたのは、たぶん、その親切な案内のおかげだった。おばあさんと飼い犬にすっかり気をとられていたら、街頭演劇の幕が開いたみたいに、突然、目の前に庭園が現れたのだった。

さよなら、頑張ってね、おばあさんは片手を上げて何度もそう言った。二人はお礼のおじぎを繰り返しながら長いこと彼女を見つめていた。おばあさんは、家までエスコートするかのような風に伴われて、来た道をゆっくりと下っていった。

何週間も避難生活を送ったあの小学校で、果物のケースや、パック詰めされたインスタント食品、日本全国から送られてくる衣類や毛布に囲まれながら、ゆいはそこに存在する何百もの顔を一つ一つじっくりと眺めた。それらの顔はどれも等しく彼女の眼をすべり落ちていった。その中に一つだけ、毎日思いもかけない時間にゆいのもとを訪れる顔があった。

それは男の顔であると同時に、一つのものでもあった。

男の年齢はおよそ五十前後とみて間違いなかった。大柄で、頭が変になった人独特の口元、それにぎょろりと飛び出た魚のような目をしていた。

ゆいが結局名前を知ることもなかったその男はいつも額縁の四角い枠を持っていて、眠っている時でさえそれを手放さなかった。男は枠越しに空や、天井や、体育館の中のあらゆるものを見るのだった。布、積み重ねられた物資、人々。他の人には向けたことのない好奇心でその男を観察するうち、ゆいは男が額縁を通して見たものに題名をつけているのに気がつき、そのことを、自分以外に誰も知らないはずだと確信した。男は体の向きを変えるたびに空いている方の手で何かメモするような仕草をしてから、動きを止め、真剣な様子で、額縁の内側におさまったものを観察していた。

あそこの外で暮らせば、精神を病んだ人たちはたぶん、ほかの人たちよりも孤独だろう。だけどあの場所でなら、狂人たちもさほど孤独ではなかった。心が健康な人たちを苦しみでおかしくしてしまうものは、彼らにとってはむしろ、自分をいくらか解放してくれる、周りとの違いを薄めてくれるものだった。

ゆいは、あの男は本当に避難者かどうかも怪しいと思っていた。男の受けた傷は最近のものではなくもっと古いもののような感じがしたし、その場所に届くどんな知らせも彼には響かないように思えた。みな少なくとも一日一度はインフォメーションセンターに行って家族の安否を聞いていたが、その男は違っていた。食事が配られる時間だ、シャワーの順番がきた、医師の診察を受けるように、血流をよくするために運動をしなさい――そういうこと以外の話を、その男にしに来る人は誰もいなかった。みんな泣くことがあったし、それを人前で見せないようにしていたけれど、男は違った。彼はただ、人々の中に混ざるためだけに、そこへやってきたのだ。たぶん家だってあったはず。だが彼には、自分自身をなだめる必要があった。

それに、あの場所では誰もほかの人を疑ったりしない、そんな勝手な人はいない、ということもあった。みんな、傷ついた人にさらなる痛みを加えることをあまりにも恐れていた。けれど、ゆいには考えがあった。もし誰かがあの男に近づいてきて、男が人生の再出発の時に持ってきたプラスチックの青い四角い枠のことを問いただしたりしたら、自分が割って入るのだ。「この人は遊んでるだけです、姪っ子さんと約束したんですって」そう言うつもりだった。それでたとえば誰かほかの人が、何の遊びなのか、その姪は元気なのか、安全な場所にいるのか、そういうことを聞いてきたら、今度は黙る。そうすれば相手はそれ以上質問する気がなくなるから。

ことの真相は、少なくともゆいの仮説では、実際、あの男は額縁の内側から世界を見ることで単純に安心したのであり、そうやって見たものならば、何であれ立ち向かえるという気がしたのだ、けれど周りからは不審に思われていた、そういう話だった。

頭のおかしい人といっても、自分の狂気に一切気づいていない者のほうが、他人からすればより受け入れやすかった。

ゆいは、体育館の床に敷いた布に寝そべり、順番に思い浮かべていった。娘の顔に母の顔、以前の暮らしにあった瓦礫と海の幻影、あの愚鈍な額縁男が家に戻って、がらくたに囲まれている様子。

そこまで気にする理由が本当は分からないのに、あの男のことがたえず脳裏に浮かんだ。眠れないゆいは体育館の高い天井にあの男の不均衡なずんぐりした姿を映し、同時に、彼が全く偶然に、写真入りの額縁を見つけるところを思い浮かべた。手に取って横の留め金をずらし、中に収められた写真を外す。特にその次の瞬間を（男が額縁を顔の高さにやると、とたんに彼の目に、部屋も、道も、窓の外の世界を満たすあらゆるものが、魅惑的で平和に映るようになる）、ゆいは十回近く巻き戻しては再生した。その光景を想像すると、心がどこまでも澄んでいった。

今もあの時と同じだった。ベルガーディアのベンチに座って、横向きの藤田さんを見つめている今も。彼の体は、電話ボックスにはめこまれた、ガラスのパーツを留める木枠の細い棒（長い縦棒二本、短い横棒五本）によって四角く区切られている。どの四角形にも藤田さんの一部が収まっている。腕のひとかけ、脚のひときれ。

不躾（ぶしつけ）になってはいけないと、彼女は何度も視線をそらした。

しかし藤田さんは気がつかなかった。妻に、花（はな）ちゃんのことを話し続けていた。「物を言わなくなったんだ、そう、でもぼくは大丈夫だって信じてるし、お医者さんもそう言ってくれてる」

時間の問題です、小児科医にはそう言われていた。子供には、心に膿（う）みがたまるということがありますし、それが喉に詰まることもよくあります。案外、そう珍しいことではないんですよ。

「母さんは元気にしてるよ。すごくしっかりしたおばあちゃんをやってる」

それから近所の人や、保育園の先生や、お友達の話もあった。つまりこういう話だった。花は愛されている、だから元気になるはずだ。できれば、小学校に上がる前によくなればいいと思う。

藤田さんの首筋が見えていた四角が、突然空っぽになった。彼がかがんで、もっと下の枠に移ったからだった。彼は床に置いてあったリュックサックを取って振り向いた。

藤田さんは感極まった様子だったが、微笑んでいた。その顔はこんなふうに言っているようだった。「すべてうまくいってる、みんな元気だし、ぼくは元気だし、やっていける」

それから一年経った頃、ゆいは初めて藤田さんに額縁男の話をした。どんなふうに自分もあの青い四角形の枠に捉えられたのか。あの日そうやって見られて、あの数週間のうちで初めて本当に見られて、自分はどんなふうに感じたのか。

同じことは、それからもう二度と起こらなかった。あの日から三日後に男が姿を消したからだ。彼のことを口にする人は誰もおらず、ゆいも何も聞かなかった。

何も知らない人については、何も言うことはない。

何も知らない人については、もうどうだっていい。

あの流刑地ではもう一つ大切なことを学んだ。ゆいは、あとからそう思うようになった。誰かを黙らせるだけで、その人を永遠に消し去ることができる。だからこそ、身の上を語ったり、人と話したり、誰かについて話したりすることが必要だった。誰かがまたほかの誰かの話をするのに耳を傾けることも。亡くなった人と対話することもだ。もしそれが、役に立つのなら。

10

額縁男の持っていた額縁

規格　十七・五×二十一・五センチメートル

色　スカイブルー

二〇〇一年三月六日に百円ショップで購入

税込百五円

中国製

11

初めて訪れたその日、ゆいはただそこに座って、事のなりゆきを見守ることにした。ベルガーディアにはいつでも静かなさざめきがあった。まるで周りの集落から流れ込んだ声たちが、小さなその四角い土のうえで混ざり合っているかのようだった。

ゆいは、自分たちをベルガーディアに連れてきてくれたあのおばあさんが老犬と交わした会話も、ここを漂っているんだろうかと考えた。一人と一匹は互いに愛を注ぎ合い、海について、それから今はもう遠い町で暮らすようになった子供たちについて、尽きないおしゃべりに興じてきたに違いないと思った。

藤田さんは風の電話を使ったあと管理人の家に入っていき、様々なNGOの協力のもと何年もかけてベルガーディアに造られたという図書室をくまなく見学しているところだった。藤田さんは、毎月そこで行われるイベントのカレンダーを仔細に読み込んでいた。

全体として、まずまずの対面だった。鈴木さんは実に心温かく二人を迎えてくれた。藤田さんは鈴木さんに名刺を差し出し、同時にお辞儀をしたので、笑顔がゆれて縦に線を描いた。ゆいは、藤田さんたちの名刺交換を見るだけにしておいた。ゆいとしては、旅仲間の影に吸収されて、彼の一部分みたいなふりをしている方がよかったからだ。藤田さんはどうやらそのことを察している様子だったが、ともあれ、ゆいが誰であり誰でないか、はっきりさせるようなことは言わなかった。

鈴木さんもゆいを見たものの、核心には触れず、奇抜な髪にほんの一瞬目を留めただけだった。その頃ゆいの頭は下から三分の二が金髪、残りが黒髪だった。鈴木さんは、ようこそ、と温かく何度も繰り返し、二人を招き入れた。

ゆいはその庭園を目にした時とても美しいと思い、感動を抑えられなかった。一人でここに座って、数分ばかりガーデンを眺めていてもいいかと尋ねた。

「もっと長くいていただいて構いませんよ。もう少ししたら男の子が一人来ますが、三十分後くらいでしょうか、でもよく遅れてきますので。電話ボックスとその周りだけ空けておいてくだされば大丈夫です。その子、けっこう頻繁に来るもので、ぼくもよく知ってます。人がいても嫌がったりするような子じゃありませんから」

鈴木さんのその親しげな話しぶりに驚きながら、ゆいはうなずいた。もしかするとゆいのことも、いつかこんなふうに話してくれるようになるのかもしれなかった。

ゆいは、鈴木さんたちが玄関口をまたいで家に入っていくのを目で追いかけた。その建物はガーデンに隠れて静かに佇んでいた。白い家で、外壁の表面に黒っぽい棒状の細板が施されている。ヨーロッパのドイツ文化圏の写真目録で、似たようなものを見たことを思い出した。

毎年何千人もの人が、声を届けるためにベルガーディアを訪れる。

ゆいと同じ、あの年三月一一日で取り残されたというべき人が多くいて、大多数は大槌町から来ていた。だが中には、親族を病気や自動車事故で亡くした人も、第二次世界大戦中に亡くなった両親と話しに来るというお年寄りたち、蒸発したきり行方知れずの子の親たちもいた。

「昔ある人に言われたんです、死というのは、実に個人的なものだと……」鈴木さんは語った。「人生は、ある程度、ほかの誰かのと同じような型にはめて作り上げられていく。だが死は違う。死に対しては、それぞれみな、違う反応をするものだからって……」

植物を踏まないよう気をつけてゆっくりと歩みを進めながら、鈴木さんが話題にしている人は、あの日ラジオに出た男性と同一人物なのではないかとゆいは思った。

ふと気がついて驚いた。ベルガーディアでは風がやむことがない。風はやむどころか勢いを増し、風景をかき乱しているようだった。

その時ゆいは思った。風の電話は、受け取った声をただ一人の耳に伝え導くのではなく、声を空に拡散させる使命を帯びているのだ。〈こちら〉の人生に戻ってきてほしいと願われている死者たちは、もしかすると〈あちら〉の人生で互いに手をとり、仲よくなり、生きている人のあずかり知らない物語を紡ぎつつあるんじゃないのか。

そうでないなら、この軽やかさをなんと説明できるだろう？　その場所において、死はとても美しいものに思えた。

ゆいはガーデンをさまよいながら、魂たちが呼び集められ、学校みたいにみなで自分の席につき、手を挙げたり、友達になったりするのを想像した。ゆいの娘はたぶん、藤田さんの奥さんと一緒に遊んだり、歌ったりするだろう。世界がふたたび生み出され、そこでは生き残った者たちが互いに労わり合うだけでなく、死んだ者たちもまた互いに愛し合い、前進し、年月を重ね、そして死んでゆく。きっと魂にも肉体と同じように、潰(つい)える時がくるのだ。

そう考えてゆいは不安になった。うわの空でいた間に、何か大切なことが起きていた気がしたのだった。

切り株の上に腰を下ろし、膝の上でまず右手、そして左手を広げた。両手を交互に眺める。娘は、誰かの手に支えられて、これからも歩んでいくのだろうか？

三十分ほど経ってゆいが顔を上げた時、目に入ったのは、窮屈そうな制服姿の高校生だった。ガーデンを確かな足取りで横切り、それから方向を変えて電話ボックスに向かっていく。その年頃の若者に特有の、左右に揺れながら歩く姿が、ゆいにはどこか不憫(ふびん)な気がした。年はまだせいぜい十六、七のはずだ。

小道に続くアーチのところで、少年が肩から斜めに掛けた校章入りのバッグがぶつかり、アーチは大きく揺れた。ベルがチリンと鳴った。

ゆいは少年が電話ボックスの扉を開け、確かな手つきで受話器を外すところを見た。

それからゆいは、立ち入らないよう背を向けた。柿の木の下に座って上を見上げる。木にはほんのいくつか実が残っていたけれど、あとは空中に伸びた枝ばかりが、ゆいの上空で四方八方に広がっていた。

そこから空を仰ぐと、ひび割れだらけに見えた。

12

鯨山のおばあさんと飼い犬がよく話題にしたこと

夫が若い頃どんなにロマンチックだったかということ。

蘭(らん)の花が咲き乱れる温室で夫と愛を交わした時のこと。

神戸に住む娘のまりえがエンジニアの男性と結婚したこと。

まりえの夫がしていたひどく趣味の悪いネクタイのこと。

二歳半になる孫のなみきがスカイプで一生懸命手を振ってくれたが、そのあと画面が点いたままになっているのを忘れてしまったこと。

函館で食べたカニがどれほど美味しかったかということと、そのカニを食べた時どれほど懐かしく思ったかということ。

今はドイツに住んでいて、今度のお正月に帰ってきたら結婚相手を紹介してくれるはずの、息子のこと。

13

「本当におかしいくらい挑発的で、絶対にけちをつけてくるんです」少年は笑った。

電話ボックスから出てきた少年が、用が済んだことを伝えようとゆいの方へ向かってきた時、鈴木さんが玄関から二人に声をかけた。お茶を準備してくれていた。

少年は啓太という名前で、二つ向こうの町から来ていた。運の悪いことに、剣道の稽古を終えて道場を出るのとちょうど同時刻にバスが出発してしまうので、ベルガーディアにはいつも歩いて来るという。今高校三年生の啓太は、手遅れの状態で見つかった癌(がん)のために母親を亡くしていた。

「母は東大出身で。勉強となると異常に厳しい人でした、ぼくにも奈緒子にも」

「妹さんです、十四歳」鈴木さんが説明した。

「母さんとはずっとうまくいってなかったなあ」少年は続けた。「ぼくに干渉しすぎだと思ってました」

「みんなそんなものだよ」藤田さんは笑った。「ぼくも同じように父との関係には悩んだし、たぶん自分の娘に対しても同じことをしてしまうだろうしね」

「本当はもっと優しくしたかったけど」少年が続ける。「でもどうしても無理だった。最後まで無理だった。まあでも、あの時は話が違ったんです。あの時のぼくが優しくしすぎたら、母さんは、自分はもう治る見込みがないと思われてるんだって、思っただろうから」

後ろのキッチンで作業をしていた鈴木さんは、その話をもう暗記しているような素振りで、時折うなずいた。

「もし母さんがここにいたら、絶対また一から喧嘩になってますよ」

風がキッチンの窓ガラスを揺らし、そこに赤茶けた葉が一枚張りついた。けれど気流はつかんだものをすぐ放したので、葉は窓の下に落ちた。

「父は何も禁止しない人で、『信頼してるから、自分でゆっくり考えて決めなさい』って言うんです」少年は付け加えた。「でも、ぼく自身が自分を信頼してないんですよね」

「君くらいの年は、何もかも難しいものだよ」鈴木さんが言った。

ずっと黙っていたゆいは、そのやりとりの明晰（めいせき）さに感心していた。高校生というのはもっと分別がなく、深みに欠け、何よりこれほど正直に自分のことを語ったりしないものと思っていた。たぶん苦しみが人生に深みを与えているんだ、ゆいはそう思って少し哀しくなった。

「話の途中で口出しされないっていう、いいこともあるんですけどね」少年は冗談を言った。

「ご家族は、ここに来てることは知ってるの？」藤田さんが聞いた。啓太は手にしたマグカップをいじりながら、考え込むと出る癖で、その黄色い陶器を爪でカチカチいわせながら答えた。

「父だけ知ってます。ここに来ると夕食の時間に間に合わなくなるので。妹には言ってません」

彼が自分から打ち明けたわけではなかったが、啓太がそこに来るのは、母に家族の様子を報告するのを自分の役目にしたいと思っているからだった。母が生きていた頃、家族のほかの二人よりも母と話すことが少なかったからだ。

「鈴木さん、ありがとう」それから少年はそう言って急に椅子から立ち上がった。バッグからつぶれた袋を取り出す。「これ、鈴木さんと鈴木さんの奥さんに。ちょっとつぶれちゃってすみません」

ガーデンの管理人はそのお菓子の詰まった袋をカウンターに置きつつ、啓太にありがとうと言ってから、体を冷やさないようにと注意し（「冬はすぐそこだよ」）、入試に向けて頑張るよう激励した(「でもやりすぎるなよ!」)。そして高校生が、ぎこちなくも感激した様子でまたすぐ来ると約束し、鈴木さんに、それから見知らぬ二人に向かっておじぎをした時には、ゆいの心はもう遠くにあった。

ゆいは、ドアから出て行く少年の、斜め掛けしたバッグのせいで不均衡な姿を見て、彼の年齢の子供たちが背負っている、あの計り知れない未来を目の当たりにした気がした。そして同時に、あの少年の声を記憶の中に留めておく必要はないのだと思った。その声はもうベルガーディアにあり、他の多くの人々の声とつながっているのだから。きっと彼の声はつねにそこにあり続け、母の声と触れあい、彼女に話して聞かせるのだ——入試のこと、大学での最初の授業のこと、彼は好きなのに両想いになれない女の子のこと、別の女の子については彼から断ったこと、その理由は、本人も気づいていないけれど、母に似た部分があまりないからだということ。初めての仕事、結婚、結婚準備の苦労、初めての子供、パパと呼ばれる喜び、そして同時に、自分はいつまで経っても父親には不適格だと感じる気持ち。

その声もまた、他の声たちがつくりだす波音の中に流れ込むのだろう。海がその声たちを、町のはずれ、港のある地区へと押し流す。

「それから?」

それから声たちは魚に飲み込まれる。夜、寝る前にゆいが娘に読んで聞かせたお話に出てくる、王子様の指輪みたいに。

「それから?」

それからある日、遠くないとある王国のとある台所で、誰かがサバやカマスのお腹を切り開くと、その声たちが、ひとすじの風にのって現れる。

ゆいは思い出した。「それから? ママ、それから?」娘が繰り返したその言葉。パジャマ姿で布団にくるまり、小さな手を自分のお腹に持っていくあのしぐさ。ゆいがその箇所を音読すると、娘は決まって叫んだものだ。「かわいそう!」

それから真面目くさった顔をして、本気でその動物を心配する。

女王様か王様の財宝が出てくるに決まっている、魚の切り開かれたお腹のことを。


彼らだけになったあとで、ゆいはもう一度ガーデンに出た。

鈴木さんに軽くあいさつをしてから、そこに吹く晩秋の風の中で藤田さんを待った。そのあと二人は、身がオレンジ色のウニと、お味噌汁に、ごはん、おいしい自家製ふりかけを食べに行き、その道すがら互いの人生を語りあった。

地平線にかかった雲が、その奥から吹く風に散らされ、溶けていくように見えた。

その日は昼も夜も穏やかだった。ゆいは自分が、藤田さんの娘さんに会いたい、会ってその子の目を見て、これほど愛されていると自信をもっていい子供はめったにいないよ、わたしはあなたが誇らしい、そう言ってあげたい、そんなことを考えているのに気がついた。とはいえ、会えたとしても、本当にそう伝えることはなかっただろう。ゆいは、ごく当たり前に与えられる愛こそ、何よりも強い愛だと知っていた。

それから、藤田さんの下の名前は毅(たけし)ということも知った。ゆいはその音の組み合わせが気に入った。記憶をたぐれば、この時を境に、ゆいは藤田さんをいつも名前で呼ぶようになった。

二人は親しみをこめて別れのあいさつをし、どちらもその親しみを過剰とは感じなかった。むしろ二人とも、何だか、互いを見つけたように感じていた。物を入れすぎてぱんぱんの鞄の底で、偶然からまり合った二つの物みたいに。

その夜、ゆいはがらがらの高速道路に車を走らせて東京へ戻った。吉祥寺、それから三鷹(みたか)の住宅街へと車をすべり込ませた時にはもう深夜で、コンビニの明かりがちょっとした街角や、武蔵野市の市道脇に立ち並ぶ桜の木、シルバーセンター、スポーツジムを照らしていた。妖精の魔法にかけられたかのように、すべてが眠りについていた。

この二年間で初めて、今なら、毎日バックミラーをのぞくたびチャイルドシートで眠る姿が映るような気がする娘に、子守歌を歌ってやれると思った。それから自分の左側、母の定位置に体を向けて、今完結したばかりの一日に起きた不思議な魔法の話をすることもできる気がした。

津波の日から数えて初めて、彼女はそれまでの自分に義務づけていた考え、つまり世界は二つに——亡くなった人の世界と、生きている人の世界に——切り離される、そういう自分の決めごとを、疑うことを受け入れた。

もういない人と話しても、きっと、痛みを感じたりはしないだろう。彼女は考えた。ただ受け入れればいいだけだ。手に触れるものはないこと、覚えていようとする努力によって亀裂が埋まること。愛の喜びは受け取ることではなく、与えることの中にだけ詰まっていること。

その夜、ゆいは毛布にくるまっておとぎ話の本を開いた。声に出して読んだ。勇敢な鉛の兵隊、彼を飲み込んだ大きな魚、片脚立ちのバレリーナのもとに帰れるまでの長い旅、二人が焼かれた暖炉の火、鉛でできた小さなハート、炭のように真っ黒なお星さま。

14

啓太から母への電話

――もしもし、母さん？　いる？　啓太です。

――最近あんまり来られてなくてごめん。

――塾は毎日行ってます、週末は東大入試対策特別コース。休みなしだよ。

――父さんが言うんだけど、母さんもいつも、選択問題なんてばかばかしいって言ってたってね。人生に選択肢が四つしかなくて、しかも正解が一つだけなんてのは不自然だって。

――ねえ、母さん元気？　そっちでも隠れてお菓子食べたりしてない？（笑う）

――母さんの食へのこだわりは、奈緒子に遺伝したみたいだよ。

――洗濯すると飴とかチョコの包み紙が出てきてさ、前はプリッツとかチュロスの時もあった。普通じゃない、と思うな。

——ああ、奈緒子、好きな人できた。あっ、でも誰かは聞かないで、知らないから。

——だって顔に出るから分かる。キレやすい所までましになってきたし。

——よし、じゃあ行くね。ガーデンで女の人がうろうろしてるから、もしかしたら入りたくて待ってるのかもしれない。

——じゃあね、またすぐ来るよ、約束。

（戻ってきて）

——あのさ、何でも自由に好きなもの食べてよ。

15

その最初の日から、ゆいと毅はしばしばベルガーディアに行くようになった。彼らは月に一度、そこにいた。

待ち合わせはいつも渋谷のモヤイ像の前だった。どちらの自宅にも近かったし、ゆいは夜明け前のその場所を通るのが好きだった。昼も夜も地球上全部の人が行き交うようなその場所に、その時間はほとんど誰もいなかった。大型スクリーンが消灯し、信号だけが点滅しているスクランブル交差点は、お祭りの山車(だし)が電飾を消されて道端に立てかけられているような、つつましい場所に見えた。

彼らは岩手までの車移動にもすっかり慣れた。朝四時に出発して、千葉のローソンに寄る。そこで朝食と、海が目の前に迫ってきた時、二、三かけ口にすばやく放り込むための板チョコを買った。

そうして毅は、ゆいの吐き気のこと、海のことを知った。

一方ゆいは、月に一度のその日、毅は携帯電話を持ってこないようにしていることを知った。その旅は彼にとって〈身体的に〉必要なものであり、遠さを体感する必要があるのだと毅は言った。携帯があると、うっかり引き戻されたり、たえず普段の自分と向き合ったりすることになりかねない、というのが彼の考えだった。

毅が不在の間に孫をみてくれる母親にゆいの電話番号を渡したのは、そういう理由からだった。風の電話と、月に一度、日曜日に鯨山へ車を走らせる若い女性の存在を知る人が、もう一人できたのだった。

ゆいと毅が顔を合わせるのは、一緒にベルガーディアに行くためだけだった。彼らが最初に出会った場所がそれからの軌道を定めたようにも思われたが、二人の距離はしだいに縮まっていった。

彼らは日常的にメッセージをやりとりするようになった。

手袋を捜していたゆいが、包装紙にくるまれたままの娘へのプレゼントを見つけたあの夜、メッセージをくれたのは毅だった。あれはあまりにも急な引っ越しだったから、何もかも手あたりしだい段ボールに詰め込んで、そのせいで指がひりひりしたものだ。それから二年経ったというのに、新しい家には、ゆいが以前娘のために買ったものが今でも驚くほどたくさん隠されていた。娘が特に好きだったものや、値引きされていたもの、娘にはまだ早いけれど、それでも買いたいと思ったもの——あの時しまっておいた小さなワンピースは、もう少し大きくなれば着られるようになるはずだった。ゆいは元来片付けが苦手だったから、娘にあげるのを単に忘れていた人形や、絵本や、子供用のスカートがふいに出てくることもあった。そうした不実の代物を目の前にすると、ゆいの心は痛んだ。娘が得たはずの小さな喜びを奪ってしまったのだと、ゆいは胸が張り裂けそうな思いがした。

毅はそんなゆいのメッセージに優しく返事をし、それからも同じことが起きるたび、いつも同じように接してくれた。

それどころか彼は、いつか彼女の心の準備ができた時、自分も一緒にその家に行って、クローゼットや家具の扉の中、引っ越しの荷造りで閉じられたままの段ボール箱といった、ゆいにとっての恐怖の代物に一緒に向き合うと言ってくれた。

それと同じように、病院の窓を背にしてまっすぐに立っている女性患者や、毅が急いで職場に向かっている時に目の前を横切った女性の苦しそうな横顔が妻に見えた時、彼がメッセージを送った相手はゆいだった。

彼が保育園の先生たちの懸念について話したのは彼女だった。というのも、毅の娘はそこでも口を開かなかったからだ。お絵描きはするし、遊びにも参加するのに、音の面ではまるで不在だった。花の声がどんな色をしていたかもう誰も分からなくなっていて、毅自身も時々忘れているような気がした。そんな時は、パソコンに保存してある短いビデオを見た。アニメのテーマソングを歌う花、言い間違いをして童謡を歌い出す花、その年頃の子にしか思いつかないような、へんてこなことを真面目な顔して言う花。

失ったものを懐かしむ気持ちや、生が彼に突きつける試練をのりこえるだけの力が自分にはないという感覚に襲われた時、彼はゆいに「少し悲しい」と書いて送り、彼女はそれを理解した。

自分たちも気づかないうちに、ゆいと毅は似てきていた。

毅は、家の中の様々な場所をこれまでとは違う目で見るようになった。中でも、危ない物やおいしい物、お片付けをしなかった罰として花の前から消されてしまった物、そういう、花に見つかっては困る物を隠している場所。彼は服やプレゼントを前もって買っておくことをやめた。花が気に入りそうなものを見つけたら、すぐ渡すようになった。

〈明日〉は、原則的に、あるとは限らないものだ。彼はゆいからそう学んだのだった。

かたやゆいのほうは、病院に行くことを再開した。それまでの二年間は、風邪をひけば、肺炎になるまで悪化してしまえばいい、喉に痛みがあれば、放置しておいて何も考えられないくらい痛くなってしまえばいい、無意識にそう願っていたのが、ふたたび自分の健康を気にかけはじめ、不器用ながらも自分を労わるようになった。

それから、面白い場面やほろりとするような場面に出くわすと――飼い主が公園でうつらうつらしている間に犬が一匹で遊んでいるとか、カートにのった保育園児たちが、通過する電車に向かって大声で呼びかけているとか——、それをごく短い動画に撮ることもはじめた。保存しておいて、通勤途中や、時には寝る前などの、一日のうちで調子が出ない時に見る、一種のビジュアル俳句なのだった。ゆいは毅にならって、そんなちょっとした動画のコレクションをためた。不透明な時間が徐々に澄んでいった。

そうするうちに土曜日の夜がきて、その次はまさしく日曜日の朝、二人でベルガーディアに向かう時間だった。予定の時間にゆいがげんこつでクラクションをたたいて、つまり子供の頃のゆいが母に早く家を出てほしい時にしていたのとまったく同じやり方で、毅に到着を知らせる。そしてほら、さらに次の瞬間、毅がモヤイ像の台座から立ち上がって歩き出し、その先にいる、もっともっと知りたいと思う女性のほうへ向かってゆくと、彼は幸せになる、ひそかにうれしい気持ちになる、ゆいの笑った顔、きらきらした瞳、小さくふっくらとした口元、尖(とが)った鼻先、肩まで伸びた二色の髪を、自分の視界にみとめて。

両者にとって、二人が会うその瞬間は、見知らぬ者同士が世界の一地点に集まってまた別の地点へ向かうというより、むしろ帰ってきているような感じがした。

彼女に帰ってくるのは彼だった。彼に帰ってくるのは彼女だった。

16

ゆいが自宅で見つけた、娘のために買いおいた（そして使われることはなかった）物

口ひげのついたおしゃぶり。
ポケットの縁に刺繍（ししゅう）がしてあるピンク色のズボン。
アンパンマンのラッパ。
取っ手がリボンの形をしたミニーマウスのコップ。
ラインストーンがちりばめられたヘアクリップ。
クリスマスの歌のＣＤ。
娘が新生児の頃沐浴（もくよく）に使っていたのと同じガーゼタオル一枚。
生後三か月用のロンパース。
明るい色の花柄の小さな手袋。

17

ベルガーディアに行く車でラジオを聴くことはめったになかった。ゆいの放送局にかぎれば一度もない。毅は、ゆいがパーソナリティを務める番組は極力生放送で聴くようにして、自分が手術にあたっている時や何か緊急事態にかかりきりの時には録音した。とはいえ、念のためにといって毎回録音するようになり、そうしてゆいの声をデータベースに保存していった。

毅はゆいの声が好きだった。学者や新聞記者や科学者の談話をまとめあげる時のしっかりとした響き、それから、番組に参加したいと日本中全くばらばらの場所から電話をくれるリスナーたちを調整していく時の、細やかで安心感に満ちた響き。話し慣れない人たちをゆいが上手にリラックスさせるやり方を、とりわけ気に入っていた。

片側に海を、正面に山を見ながら走る時、二人はよく音楽を聴いた。ゆいはボサノヴァが好きだった。そのノスタルジックな音楽と同じ時代を生きてはいないし、それが生まれた土地のことは何一つ知らないというのに、いやに美しい旋律が彼女を泣かせた。ノスタルジーは記憶と関係がなく、むしろ直接経験したことのないものにこそ強く感じられるものだと、ゆいは確信していた。

かたや、毅はＸ ＪＡＰＡＮやＬＵＮＡ ＳＥＡ、ＧＬＡＹといった日本のロックを聴いて育った。それで彼は時々ゆいに、「Ｆｏｒｅｖｅｒ Ｌｏｖｅ」や「誘惑」といったとりわけメロディアスな曲を聴かせた。ゆいは笑いながら、毅の落ち着いた声と、それらの音楽を構成する、叫ぶような、喉が裂けそうな声を、頭の中でどうにか符合させようとするのだった。

東京から大槌までの車の旅はとても長かった。とはいえ、鯨山に抱かれたあのガーデンとの対面にあたり、その都度二人が心の準備を整えるのには適切な長さだった。ゆいがへとへとになったら交代し、延々と続く運転の時間に、ＢＧＭ、車を膨らませるおしゃべりと沈黙、交替で睡魔に身をゆだねるお互いの寝息。全てが彼らの神経や心臓の筋肉に力を与えるような気がした。

体内にベルガーディアの風を呼び起こす、何度見てきたか分からない、あの目にもとまらぬほど小さな膨張が視界に入れば、彼らはますます明晰になった。一キロまた一キロ、風の電話が、庭園の風景が、船が、見事な海が、彼らに近づいてきた。

もしもそれを具体的なイメージで説明するように言われたら、ゆいは出産前に起こる強烈な収縮、娘が生まれた時に自分も経験したあの驚くべき過程、ちょうどあのような感じと言っただろう。開くために閉じる、縮めてから伸ばす、締めたまま保ち、それから押し出し、開く。

要するにそれは全くの矛盾で、よくある言い方をすれば、求め続けてやっと諦めたとたんにうまくいく、という状況の一つだった。たとえば愛、特に真実の愛とか、なかなか授からない子供のようなものだ。

あの日二人は大切な人と話すことができたのか？　ゆいはその月、朝目覚めた時や家に一人でいる時、多少は苦しさが和らいだのか？　毅は、ベッドの片側の沈み込みを見つめることや、浴室の扉の前に立ち、妻の入浴にあとどれだけの時間がかかるだろうと考えて、ためらいつつも「ゆっくり入っていいよ」と優しい声をかけることを、やめたのだろうか？

18

ブラジル音楽の曲、昔と今のゆいのお気に入り

Elis Regina, Águas de Março　オリジナル・ヴァージョン
アルバム『Elis』(1972) 収録

Caio Chagas Quintet, Desandou
アルバム『Comprei um Sofá』(2017) 収録

19

「一度でいいんですよ、たったの一度だけでも。あいつがね、ここにいる、聞いてるって、安心させてくれればそれでいいんです。わたしたちに怒ってないってことが分かれば、それで」

とげとげしい言葉の連続に続いて発された、その穏やかで諦念に満ちた言葉の内部で、何かがちぎれた。男性はひどく慌てて空気を呑み込み、しゃっくりが出そうになるのを抑えて、それからまた非難と侮辱の言葉を並べた。

その人と出会ったのは朝方、二人がいつものように、鈴木さんと奥さんへのお土産と、毎回訪ねていた小さな食事処のあのウニとお味噌汁を求める気持ちをたずさえて、ベルガーディアに向かう坂道を車で登っている最中のことだった。毅は、鈴木さんの奥さんの大好物であるホイップクリームとバナナのスペシャル・エクレアを二つ持参し、ゆいは、ダッシュボードにチョコレートを置いていた。

全て恒例の儀式だった。全てが習慣として繰り返された。

「わたしは書く仕事をしていまして、記者です。それで、いつかこのくだらない話を記事にすることがあったら、もちろん妻に許してもらえればですが、タイトルは『不滅の時代』にしようと思っています」

彼らは図書室の手前の小部屋、お茶でも飲みながら話せるようにと鈴木さんが設えた気軽な空間に腰かけていた。そこからは、数か月後にオープンする予定のカフェが見えた。

「強いタイトルですね」小部屋の脇のキッチンから鈴木さんが優しく感想を述べた。

「わたしとしたらこれ以外ありえないんですよ。内容は、若者の危機感知能力の欠如についてです。ある年代の子供たちが、いかに気づけていないかという話です。自分たちも失敗する可能性があるのに、馬鹿ばかりやっているとそのうち命に関わるっていうのに」

男性は体格がよく、お腹が出ていて、幅の広いスクエアフレームの眼鏡をかけていた。おしゃべりな上にせっかちなので、しばしば息継ぎが間に合わず、一文言い切る頃には無呼吸状態寸前だった。それでも彼はまたすぐに息を吸い込み、話を続けた。

「去年、台風のさなかに川に飛び込んだ大馬鹿者の映像、覚えてますか、広島の……。三人で、下着姿でゴムボートにのって……。ゴムボートはほら、海に遊びに行った時に使うようなあれです、小さい子供をのせるとすぐ中でおしっこしちゃうような、ああいうのです」

　ゆいと毅はじっくりと顔を見合わせたが、しかし何も浮かんでこなかった。

「あ、いや、ご覧になったとは限りませんよね。おぞましい光景でね、想像するだけでぞっとしますよ。とても最初から最後までなんて見られたものじゃない。何にしても、その馬鹿三人のうちの一人が健剛（けんごう）でした。うちの息子です」

　翌日、ゆいと毅はそれぞれの携帯で、ＮＨＫで流れたその映像の断片を捜した。映っていた二人の若者のうち、一人は脱色した明るい髪、もう一人は燻（いぶ）したような黒髪で、下着一枚の二人がゴムボートにのり、高い所（川岸？　橋の上？）から説得しようとする友人に悪態をついていた。動画はわずか数秒だった。直後に二人が水流に攫（さら）われて画面から姿を消し、そこで途切れていたからだった。そのニュースを報じるＮＨＫの映像では、河川や、台風被害を受けた周辺地域の家屋のパノラマ映像と交互に、一連の様子が三度、四度と流れていた。報道記者の声が、上書きされる字幕に合わせて、結末の詳細を伝えていた。川底を捜索したが、四時間後に（悪天候のため難航した）防水ビデオカメラが引き上げられ、最終的に身元が判明したということだった。

「雑巾みたいにふやけてましたよ」男性は言っていた。「魚に食われていました。健剛の髪にはカニまでいた」

　それまでメッセージのやりとりだけだった毅とゆいは、その日初めて電話をすることにした。二人とも、あの父親は一体何回（何十回？　何百回？）その動画を再生したことだろうと、そのことばかり考えてひどく困惑していた。去来する絶望と、動揺と、おそらく怒りの中で、せめてもの慰めとして、少なくとも息子は最後に楽しい思いをしたのだと、必死にそう考えるようにしたはずだ。

「馬鹿です、大馬鹿者ですよ。あれで無事でいられるなんて、どうして思えるのか」男性は話を続けた。息子の死を受け入れる手助けになったのは、一緒に溺れた友達が迎えた最期、それから残る一人が自ら命を絶ったことだったと、彼は付け加えた。他の子たちの不幸が喜ばしいのではなくて、それぞれの家庭が、誤った教育に事の原因を見出すすべができたからだった。

彼らは非常に厳格で、健剛には〈いけない〉に満ちた道筋を示してきた。一方、一緒に溺死した友達である浩太の両親は全くの放任主義で、彼らは〈いいよ〉と言ってやることでこそ、子供自身が敵を作らずに、本当にしたいことに気づけるのだと固く信じていた。そして三人目の克弘、健剛や浩太とは性格的に正反対の彼は、友人を止めるどころかもっとやれと仕向けた自分が、生き恥を晒すことに耐えきれなかった。

「タイムラグはあったけどね、三人とも死んでしまったからわたしたちも分かったんですよ、わたしたちがどんなふうに行動しようと結局こうなったんだって。世の中、本当にただ運が悪かっただけ、それだけで他界することだってあるんですから」

男性は軽蔑するような口ぶりで繰り返した。「一回危ないことをしただけでね、たった一回ですよ、青春時代には誰でもいろんな形でするようなことでね……」

運が悪かった、ただひたすら運が悪かったのだ。彼自身も若い頃は馬鹿だった。ゆいたちはどうか？　もちろん、ゆいと毅だって、十代の頃に無茶の一つくらいしたことがあるだろう。その時は、うまくやれたのだろう。そう、それは運が良かった、単に運が良かったのだ。

「正直に言うと、ちょっと恥ずかしかったんです。このベルガーディアに来る方はみなさん、危ない状況をどうにか逃れようとして、それでも亡くなった方たちの追悼にいらしてるでしょう。でも運命はそういうもの、人生は予測がつきませんからね……」

励ましや慰めの言葉をかけるべき時だったが、男性は沈黙に耐えられない様子で、鈴木さんも、ゆいも、毅も、すぐには言葉を紡ぎ出せなかった。

「わたしは、あの受話器に今の話を全部するんですよ。いや、もっとですね」彼はすぐに話を続けた。「言葉を選んだりはしません。お前は馬鹿だったと言ってやります。喋っても喋っても向こうからは何の返事もない、まったくの無音です。それでも、夜中になると、おかしな話に聞こえるでしょうけど、息子が夢に出てきて、わたしの話に一から詳しく返事をするんですよ。台本を半分に切って、残ったせりふだけ読んでるみたいに」

ゆいは男性の話を信じた。丸々一年にわたって見続けた、娘を宿すあの夢を思い出したからだ。毅は夢の中の自分が花に言い聞かせていたことを思い出し、やはり、難なく男性の話を信じた。

「非論理的なのは承知の上です、わたしも夢を思い出すことなんて人生で一度もなかったんですが、今はこうやって息子と対話しているんですよね、夢の中で、あ、いや、『対話』っていうのは正しくないか。各々順番に自分の話をしてるわけだから、喧嘩にならないし、次回は何を言うか考える時間があるんです」

カウンター裏の鈴木さんが手を拭いた。熱湯の入ったポットをテーブルに持ってくると、どんな形であれ、対話するのは素晴らしいことだと彼は言った。

「たとえば今日は、あいつの母さんが、小学校の時のお絵描き帳を見つけた話をしましてね」男性は鞄から携帯電話を取り出し、写真を捜した。

中央にいる子供の頃の健剛が、両手を画用紙の端までいっぱいに広げていた。この大きなハグの中に、と男性は言った。みんながいるんです、家も、世界も。——世界は少年の顔より小さく、青く描かれていた。

男性の妻はその絵を台所の、夕食の準備をしながら眺められる場所に貼った。その前を通ると彼の心は穏やかになった。男性は言った。あれを見るたびに自分は父親なんだと実感します。

「親はいつまでも親なんですよ、子供がいなくなっても」

20

翌日、ゆいがGoogleで「ハグ」と検索してたどり着いた、二つのこと

国際電気通信基礎技術研究所（ATR）が行った研究において、不特定多数の被験者が、ペアを組んだ相手と十五分間の会話をすることを求められた。面会終了時、被験者のうち一定数は相手からハグをされ、残りの人々はされなかった。この研究により、次のようなことが明らかになった。ハグを受けたほうの被験者は、血中コルチゾール（ストレスホルモン）の濃度が大幅に低下するという事実が立証されたのである。

アメリカの心理療法家ヴァージニア・サティア（一九一六—一九八八）の有名な格言に、次のようにある。《We need four hugs a day for survival. We need eight hugs a day for maintenance. And we need twelve hugs a day for growth.*》

＊「われわれは生き延びるためには、一日四回の抱擁を必要とする。健康でいるためには、一日八回の抱擁を必要とする。そして成長するためには、一日十二回の抱擁を必要とする。」

21

その日の帰り道、毅は普段よりも饒舌だった。あの男性の話に強く心を打たれたのだ。毅は、男性がしきりに掻きむしっていた肘や、手の指全部、耳の後ろ、関節に、ひどい乾癬ができているのを確認していた。彼は長期にわたる加療を要する神経症だと毅は診断した。

運転席のゆいは黙ったままでいた。

夜が更けてくると、車内から見える景色のすべてが一体になった。ひとかたまりの闇が、灯台の汚い薄明かりと街灯の光によって汚されているかのようだった。ゆいはその景色を見るのが好きではなかった。対向車線を飛ばしていく車の光に、何となく居心地の悪さを感じた。

毅は、鈴木さんみたいにじっくりほかの人の話に耳を傾けることは、自分にはとてもできそうにないと言った。それを月に一度するのと、毎日するのは、全く別の話だ。

トンネルを出ると道路は大きな谷の真ん中へと続いた。ゆいは、遠くの、左右にそびえ立つ急勾配の山に視線を向けた。

「あのさ、ハグの話だけど。あの人の息子さんの絵の……」

ゆいは道路を見ながらうなずいた。

「花がさ、抱っこしてほしいと寝たふりをするんだ」

ゆいは一瞬毅の方に向いて彼を見た。話を聞いていると示すための一瞬だった。

「そうするのは、疲れた時とか、ちょっと淋しい時だな。本当に小さい頃からそうするようになったんだけど、どうやら、目をつぶれば、姿が誰にも見えなくなると思ってるみたい」

抱擁一つで、いくつの物事が整うのだろう。ゆいは思った。それは折れた骨すら治してしまう。

「起きてる時は、させてくれないの？」ゆいは尋ねた。

「するけど、ちょっと引っ込み思案だからね。必要だっていうのが恥ずかしいのかもしれない」

一瞬、ゆいは足元に娘の小さな腕が巻き付くのを感じた。可愛い我が子が脚にしがみついて、行かせてくれない。転びそうだから――あの子に言ったものだ――気をつけてよ！

泣かないように、何も言わないでいるしかなかった。

近頃、他者の痛みを前ほどくっきり感じなくなってきていた。つらかったたし、嫌だったけれど、深く分け入ろうとも思わなかった。それはいい兆しだと、心の奥では分かっていた。

「だから、寝つくか、寝たふりするのを待って、それから抱っこすることにしてる」毅がそう言った時、茨城から千葉に入ることを示す標識の下を通った。「母にも、二人の時はそうしてくれるように言ったんだ。母はあまりスキンシップの多い人ではなくて、それはぼくが子供の頃、ぼくに対してもそうだったんだけど、でも母も喜ぶと思うんだ」

「いいことじゃない、ハグはいくらしてもし足りないものだし」そう言って、すぐゆいは考えた。平凡な言葉と真実は、現実には、どのくらいの頻度で一致するのだろうか。

「いつも思うんだけど、抱きしめるのは、誰も知らないところで、抱きしめたいからそうするっていうのが一番いいんじゃないのかな。利己的に、自分のためだけにするのが」

「どういう意味？」

「そうだな、ぼくの場合だと、明子(あきこ)、妻にそれをしてたんだけど。ぼくが救急の夜勤続きの時期に、家に帰ると彼女のほうはもう大分前から寝ていてさ。怒らせたり、寂しがらせてたから、朝方喧嘩になることも時々あって、わたしを一人ぼっちにするために結婚したのって言われたんだ。時々ものすごく怒って、わざと焦がした朝食を出してくることもあったよ」毅はおどけて言った。「たぶんぼくに文句を言わせて、喧嘩の続きがしたかったんだろうね。でもぼくは黙ってた」

「焦がすって？」

「そうそう、本当に焦がすの。焼き魚はいつも片面真っ黒だったし、トーストはほとんど炭だったし」彼は強調した。「そう、でも、不思議な話、寝てる間に抱きしめた夜は、あ、彼女が起きないようにだよ、ただぼくがそうしたくて彼女を抱きしめると、朝になってあいさつした時、何だか機嫌がよさそうで。いつもより楽しそうだったし、喧嘩にもならなかった」

「トーストは？」

「全然ましな焦げ方！」

東京に着く頃にはもうほとんど朝だった。毅とゆいは、誰かがいなくなった時、その人がこだわっていたことやくだらなくて笑えること、煩わしく感じていたことこそ、最も恋しく感じるようになるものだ、という話で一致した。

「どうだろう」毅が言った。「たぶん、最初は受け入れるのに苦労したからこそ、簡単に忘れられないんじゃないかな。相手の行動にいらいらした時に、その人のいい所を考えてバランスをとろうとするみたいなものか。そのたびに『この人を好きになった理由は……』って振り返るみたいなことだろうね」

22

［毅の帰りが遅かった時の明子の仕返し］
朝食のトーストをわざと焦がす。家の鍵を隠す。とびきり素敵に着飾る。出がけに、玄関でのキスを断る。

［毅と仲直りするための明子なりの方法］
家の中で衝突する。寝たふりをして抱きしめさせる。トーストをわざと焦がして、笑顔でこう言う。「ごめんね、ちょっとだけ焼きすぎちゃった」。

23

ゆいは一度もベルガーディアの電話ボックスに入らなかった。といっても、入ることを毎回想像してはいた。むしろ、そうするように言われれば、あの受話器を耳に当てた自分の姿を明確に思い描くこともできた。

だが実際には、毅が最近起きたことやこれから起きてほしいことを妻に語っている間（彼は電話ボックスを使っていた）、ゆいはただガーデンを歩き回るばかりだった。

二人は午前十一時頃ベルガーディアに到着し、その地所の隅に車を停めてから、入口の小道を歩いて向かってくる鈴木さんにあいさつした。毅は、車での長旅は風の電話の受話器を取って初めて完結するとでもいうように、そこへ着くたび、すぐ妻と話したそうにした。彼の落ち着かない様子には鈴木さんも間違いなく気づいていた。というのも、初めの二回以降、鈴木さんは二人をお茶に誘わなくなったのだ。「またあとで」と言うと、彼は

「中に入っていますね」と、家に入っていくのだった。

毅は早足で電話ボックスに向かい、背後の扉を閉めた。ゆいはほとんど習慣のように、数メートル離れたベンチで待ちながら、彼が受話器のほうへかがんで、1から0までの十個の小さな穴に指を差し込み、彼だけが知る番号をダイヤルするのを見ていた。

そうしてゆいは、毅の体を分割するいくつもの四角い木枠を、細部まですっかり憶えてしまった。まっすぐな背筋に、長くて、特に膝のところが骨ばった脚。夏に半袖の服を着ていると見える、腕にたくさんあるほくろ。もう少し上のほうの枠に収まるのは、白髪まじりだが量の多い髪の毛、それから柔和な顔立ち。いくつものパーツに分かれていたが、そのうちゆいが一番好きなのは真ん中の少し下、受話器を持っていないほうの反対の手が、とんとんとリズムよく棚板をたたくのが見える部分だった。あの頭の中ではどんな音楽が流れているのだろう、そう思うのだった。

ゆいは時とともに、その姿を愛しく思っている自分に気がついた。しかしそのたびに、それ以上何かを感じることのないよう自制した。

毅の用が済むと二人は家に入り、鈴木さんに急ぎの用事がなければ、一緒にミントティーやほうじ茶を飲んだり、大抵東京からお土産に持ってくるバナナの形のお菓子を一緒に食べたりした。二人はベルガーディアの図書室で行われる活動や、そこに届いたメール、その場所がもつ魔法のような力から生まれてくる本についての話を聞いた。

「ハーバードのとある教授が、ご担当の臨床心理学の授業で、風の電話を紹介してくださったんです」

「本当ですか」

「ええ、それで、来年の夏にベルガーディアを見学に来られるそうです。アメリカの雑誌に長めの記事を載せたいとかで」

「おめでとうございます、鈴木さん、すごいことじゃないですか！」

「本当ですよ、おめでとうございます！」

話が盛り上がる中、あるところからゆいは黙り込み、お辞儀を一つして部屋を離れた。一人でベルガーディアのガーデンを散歩する時間をえらんだのだった。誰も何も言わなかったけれど、毅も鈴木さんも、ゆいにとってこれが良い機会になればいいと感じていた。

ところがゆいは、草花の間をうろつくばかりだった。彼女は風になされるがまま、風に撫(な)でられたり引っ張られたりしていて、その様子ときたら、まるで紐(ひも)につながれた子犬が、生きているのが嬉しすぎる、ただそれだけの理由で手綱をぐいぐい引っ張っているみたいだった。

そうはいっても、ゆいは、電話ボックスに入って母と娘と話す勇気をやはり持てずにいたのだ。入口に立つと体に力が入らなくなった。彼女は自分の意志に反して生き延び、二人がいなくとも何とかやれていた。

東京で電車に乗っている時、その路線を乗り換える時、ゆいは娘にしたいお話や質問の下書きを作った。ラジオ局を出れば、母に話して聞かせる自分の姿が目に浮かんだ。今日の収録はどうだったか。「ですから」を繰り返す癖が止まらなかったあの専門家のこと。トイレの中で話しているのが分かってしまったあのリスナーのこと。楽しいこと、たとえば、食事に誘われたけどお断りした、新しい同僚のこと。感じのいい人なんだよ、お母さん、外見も魅力的なんだけど、でも何か足りないの、何て言うか、そうだな、ある種の複雑さかな。結局、本当には理解してもらえないと思ってさ。

しかし、そうしていると母と最後に会った時のことが思い出されるのだった。あの朝、急いで娘を母に預けに行ったのは、ゆいは町外れまで免許の更新に行かなければならないのに、娘は微熱があって保育園に預けられなかったからだった。

着せたのは自分だったから、娘の服装は覚えていた。でも母は？　母は、何を着ていたっけ？　あの朝、どんな格好だったっけ？

何週間も続いた小学校の体育館での避難生活、もしもあの頃風の電話が近くにあったなら、たぶんゆいは母にこう問いかけていただろう。「お母さん、あの朝何を着てた？　スカートだった、ズボンだった？　色は？　柄は？　知っておく必要があるの、見つけてもらえたらすぐ分かるように、警察の人に言えなきゃいけなくて、だって身分証は鞄の中でしょ、その鞄はどこに行っちゃったか分からないし」

大槌町を過ぎてベルガーディアへの上り坂に差しかかる頃、毅は毎回必ずゆいに声をかけてみることにしていた。「先に入る?」しかしゆいは、微笑んで目を伏せるのだった。

その代わり、いつも通りの物思いにふけった足取りで歩き出し、風に包まれながらガーデンを練り歩いた。

一年後、ゆいは自分にもできるだろうかと考え始めた。あの受話器をとって、風の中で話すことができるだろうか。

24

二〇一一年三月一一日の朝、ゆいの娘と母が身につけていたもの

ゆいの母
ベージュのジャケットにウエストベルト。黒いスラックス。白いブラウスの上に、白と薄茶色のボーダーのVネックセーター。タッセルのついた黒い革靴。ゆいの名前が書かれた華奢（きゃしゃ）なネックレス。

ゆいの娘
緑色の短いスカートの下にストレッチ素材の黒いレギンス。右のポケットに子熊がいる白いセーター。同じ子熊が背中にもいて、前足からひょっこり顔を出している。はらぺこあ

おむしの靴下。白とピンクのスニーカーはフラッシュライン入りで、歩くとぴかぴか光る。

25

何か月も経つと、二人はベルガーディアの管理人と親しくなった。鈴木さんはそれぞれの話を心得ており、登場する名前や土地も暗記しているほどだった。二人とも東京在住で、女性はラジオ局勤務、男性は外科医。男性には三歳の娘と母親がいるが、女性にはもう誰もいなくなっている。男性は三十五歳、女性は三十一歳。二人はベルガーディアで初めて出会って友人になった。来るのは月に一回で、それからあとの三十年間は年に二回になるのだが、その頃には鈴木さんももういなくなっていることだろう。

十二か月も経てば、二人が恋に落ちかけていることに鈴木さんは気づいていたが、彼は誰にも言わなかった。彼は妻に普段からよく言っていた。「愛というのは治療のようなものだから、信じる人にだけ効くんだ」。「ただし、それは」妻は彼の真似をして言う。「取りかかる準備ができている時に限る」。

ゆいと毅は、元からベルガーディアに行くと決めていた日には、進んでイベントに参加するようにした。全国各地から人が集まる日のための基金にも、少額ながら貢献した。医師やセラピストの教育を目的としたセミナーが開催されるのだ。喪失の哀しみを適切に扱うことによって、共同体全部の幸福が保たれるという話だった。そうしたイベントを、ゆいはラジオでも少し紹介していた。ベルガーディアには〈効き目がある〉、自分の身に起きたように、他の人たちも大槌町の丘に立つことでいくらかの慰めを得られるはず、そう確信していた。

ゆいと毅には、時とともに分かってきた。風の電話は主語によって活用形が変わる動詞のようなものであること、喪失の哀しみというのはどれもみな互いによく似ていて、同時に、それぞれ全く似ていないこと。

毎晩祖父のために新聞を読み上げに来る少年がいれば、そこで涙に暮れるばかりの人も数多くいた。ある人は、埋葬されなかった死者を弔いに来ていた。その人は海底に沈んでいるのか、はたまた戦争が残した夥(おびただ)しい人骨の山の中か、行方は分からなかった。津波で三人の息子を亡くしたが、口をつぐむわけにはいかないという母親もいて、彼女は際限なく話し続けることで、できた空白を埋めようとしていた。飼い犬の名を呼ぶ女の子は、あの世はどんなかと尋ねていた。小学生の男の子は、クラスメイトにお別れを言おうとしていた。といってもその子は亡くなったわけではなく、両親が中国に帰ることになって会えなくなったのだった。彼はその子と遊んでいた時が恋しくて仕方がなかった。
その場所に通ううち、人というものの仕組みが少しだけ分かるようになった。
とはいえ、すべての死者が惜しまれているわけではない。亡くなった人を憎んでいたから、死んでそれで罰が終わるという考えにはなれない人もいた。一部の人からすれば、死は逃避とさえ感じられるのだった。つまり、あいつがこっそり逃げた、このごたごたを残して消えた、そのせいで今自分があいつの過ち（あやま）の重荷を背負わされることになった、ということだ。たとえば自殺の場合がそうで、その人たちが許されることはめったになかった。妻は夫を、夫は妻を許せなかった。子供たち、特に年の若い子たちは、最も辛辣な人々だった。

毅は、実際死が顔をもつのは、そのように残った人たち、残された人たちがいるからなのだと確信した。彼らがいなかったら、死というのは単なるつらい言葉にすぎない。それはつらいけれども、本質的には無害だ。

一方、ゆいは自分なりの理論を構築していた。命は一部の人たちに対してだけ、生まれた時から体のつなぎ目を緩くしておく。だからその人たちは、自分の部品をつなぎ留めるのに大変な苦労を強いられる。ゆいははっきりと思い浮かべた。脛（すね）、肝臓、足、脾臓（ひぞう）。手術ごっこのボードゲームに入っているパーツみたいなそれらを全部、その人たちは腕で支えている。でもそのあと、ある時から、何かのきっかけで土台が固まり始める。彼らが恋をして、家庭をもち、給料のいい仕事や立派なキャリアを手にすれば、いっそう安定感を増したように見える。けれどその真相はというと、彼らはむしろ、両親や信頼する友人たちに自分のパーツを預けることを始めたのだ。彼らは学んだのである。結局、何もかもを自分一人でこなすことはできないが、それもまた普通のことであって、人生のうちで他のこともしたいと思うなら、腎臓の一つや頭蓋骨の一つ、守るために誰かの手を借りるのは当然のこと。他者を頼ることが必要なのだと。

そのあとは？　それからどうなる？　ゆいの考えによれば、そこから先は運が関係してくるところだった。というのは、もしも大切なパーツを預けた相手を亡くすことがあったなら、取り決めをし直すことができなくなるからだ。体のバランスはその人と一緒に失われる。

ゆいには、自分はまさしくそういう人間の一人だという確信があった。そして、母が亡くなる前に自分の腸を、娘が自分の肺を、持って行ったと思っていた。それが理由で、どんな幸福が身に舞い降りようと、食事や呼吸につねに苦しみが伴うのだった。

だが、それは間違いだった。もしこの考えを口に出していたら、毅にこう諭されたことだろう。

愛は本物の奇跡だ。二度目でも、勘違いから生まれたものであっても、それは変わらないよ。

26

長い間にゆいが託していった体のパーツ

右手の小指を、小学校で隣の席だったクラスメイトに。
（六年後にきれいなまま返ってきた）

左足を、中学時代の親友に。中学から高校に上がった時に右足と両すねも追加。
（その子がアメリカに引っ越したあとで返ってきた）

右乳房と膀胱（ぼうこう）と頰の内側を、娘の父親に。
（放置されてしなびていき、自分の元にないことがつらくなったので、取り返した）

背骨を、勤務先のラジオ編集局に。
（今も預けたまま）

心臓を、父に。
（その人が再婚した時、しわくちゃになって返ってきた。治るまで何年もかかった――彼にはそれ以上もう何も預けなかった）

27

初めて父親の聖書を開いた時、シオが目にしたのは名前だけだった。読み上げてみても単なる音にしか思えない、連綿と続く人名の山。これが世界中の人間のすべて。彼は一人呟いた。かつて生きた人々、そしていずれ生まれるであろう人々。数字には、さほど意味を感じなかった。

誰だって、これは世界一退屈なものだと思うだろう。それでも、シオはその叙事詩の言葉に心を奪われ、トイレに座って口ずさんだ。静かに考えさせてほしい時、彼はその言葉をその場所へ持ち込んだ。何度も繰り返すうち、それらは魔法の呪文になった。

その言葉を頭の中で結びつける。海底の厚い岩床を覆い、かき分けるのが困難なほど大量に生い茂る海藻。あらゆる会話から距離をとり、便器にしゃがんでその半ページ分を唱えながら、彼は、世にも不快なあのべとべとしたものに足が埋まるのを想像した。彼にとって海藻に触る感覚とは、つねにそういうものだった。

父と同じ漁師になろうと思ったことは一度もない。子供の頃自然に露見したその事実は、父親にとって最初で最大の失望だったに違いない、彼はそう確信していた。

聖書で語られるのは、羊飼い、漁師、牧羊犬と杖に導かれて谷を渡る家畜、そして奇跡——中でも、網を引いたら中に魚がいたという奇跡の話だった。シオは、父があまり聖書を好まなかったのはこのためではないか、どこかに自分自身を見たからではないかと思った。聖書が語っているのは、間違いなく彼のことだった。魚でなく、海藻を捕る漁師。

子供の頃から、海藻に触ると、シオの歯はがちがち音を立てた。父の漁船のところまで行きたくて海に入ると、途端にあれがふくらはぎに纏わりついてくる時や、浜から泳いで競争しようと友達に言われて、どうしてもあの初めの部分を通らなければいけない時には、恐ろしいほどの嫌悪感があった。岩場から飛び込んで体が砕けたとしても、あのぞっとするかたまりに触らずに済むなら、その方が結局ましだと思った。もう少しで岸だ、もう少しで沖だ、彼は自分にそう言い聞かせなければならなかった。

彼は海藻が嫌いだった。魚の匂いがするのに魚ではなく、腐ったような不健康な色だし、子供の頃からいつも言っているように、「感触が鼻水」だからだ。味もまずい。彼の弟は、彼に嫌なことをされて仕返ししたい時は海藻を投げつけてきたものだ。それがシオの弱点と知っていたから。

けれども、シオの父にとって、海藻は彼の全てだった。毎日漁船にのってそれを集め、岸へ引き上げ、浜に突き立てた柱に、洗濯物みたいに干して乾かしていた。シオの母と姉妹が残りの工程を担当した。海藻が乾燥したら丁寧に袋詰めし、最後に日本全国へ発送して、様々な店舗や市場の売り場にのせる。

父を亡くした時、シオは海藻を好きになろうとしたが、うまくいかなかった。彼は全身でそれに取り組み、みずから船に乗り込んで漁に行くとまで申し出た。慣れれば何だって変わる、彼は自分に言い聞かせた。何にだって慣れることはできる。

ほんの一週間で彼は十二分に理解した。確かに本当なのかもしれない。何にだって慣れることはできる。でも、これほど嫌いなものの近くにいては人生が悪化する、それも本当だ。それで消耗してしまっては仕方ない。

父に対する敬意として、別のことに向かおうと決意した。漁師になる代わりに医学の勉強を選んだが、父の寝床の脇に鎮座する謎めいた本は、じきに諳(そら)んじるつもりでいた。そこに書かれた変わらぬ文字を、彼は何年も毎日読んだ。『聖書』。

彼は信徒ではなく、信徒になるつもりもなかった。父もおそらく違っただろう。それより父は、その本をある種の手引きとか、全てを理解することは永久にできないような、はるか遠くの文化から伝わる人生の教訓とし、それに向き合っていたのに違いないと思った。それにしても美しい本だった。息を呑むほどに。

シオはすりきれたページを繰り、適当な箇所を指差して、どこまでも続く名前と、数字と、物語のリストを読み上げ始めた。それを繰り返しながら、そのたびに父を、それから父が死んだ時の、あの不条理な展開を思った。

二〇一一年三月の地震の日、大槌町の沖合で、世界が壊滅した。壁に向けて勢いよく転がした絨毯（じゅうたん）のように海は激しく上下して高さを増し、シオの父の船は岸にたたきつけられた。しかし、岸はもはやそこになかった。

彼はその恐るべき水のかたまりに乗って住宅地に流れ着き、自分もその朝自転車で通った道や、ここ何年かの間に入ったことのあるビルや、知人たちが住む、あるいは働く建物の上を、越えていった。子供の頃虫歯を治療してもらった歯科医院、シャンプーのあと親切にマッサージしてくれる床屋。

船はあらゆる理性の境界を越え、瓦礫と水流で壊滅したビルの屋上に漂着した。そして、そこにとり残された。

船は奇跡的に無傷で引き揚げられた。不可思議なことに半ば安定を保った状態だったと言われた。だがしかし、その中にいたシオの父は、海から陸へと運ばれてゆく中で、真っ二つに裂かれていた。

ゆいと毅がシオに出会ったのは、彼らがベルガーディアに通い始めて二年目の夏だった。細身の若者で、思慮深く賢そうな顔立ちをしていた。髪はこのほうが楽だからと坊主にし、小さめの両耳にマスクを掛けていた。口が見えるのはティーカップをそこへ運んだ時だけだったが、そうすると、欠けた前歯と恨めしげにゆがんだ部分が見え、口元に人間味が宿った。彼はいつでもショルダーバッグを斜めに掛け、何があっても手放さなかった。それからまもなくして、二人はそのバッグに収められたものが父親の古い聖書だと知ることになる。

三年と半年前から、シオはベルガーディアの電話ボックスに入って父と話すようになった。二、三週間おきにくる彼の訪問の日は、ゆいと毅が東京からやって来る日とよく重なった。

彼は毎日午後から夜にかけてはいつも研修先の病院にいたが、日曜日の午前中は二時間中休みをとって風の電話までやって来ては、そのたびに、自分の身に起きたことに対する自覚が――そして怒りが――高まっていくのを感じていた。

彼の一連の儀式を覚えている鈴木さんは、シオがガーデンを歩いて行ったり来たりする様子や、夏なら蛍袋(ほたるぶくろ)、初秋なら彼岸花に囲まれながら海を見つめてぼんやりする様子を、目で追うのだった。シオもゆいと同じように、八月や九月の日中にベルガーディアに吹く風を越えていくトンボの飛翔を観察するのが好きだったし、肺いっぱいに潮風を吸い込みながら、花の数を数えたりもした。

　そういうちょっとした散歩の時、彼は母と一緒に作った植物標本を思い出した。母は読みかけの本のページに葉っぱを挟み、鞄に入れて持っていた。今でも、自宅の書棚にある本をどれでも一冊取り出して繰れば、ぺしゃんこになった菫（すみれ）や、赤味を帯びた五本指の紅葉（もみじ）が出てきた。

　シオは、小高いそのガーデンから、港に係留された船を眺めるのがとりわけ好きだった。海が特別波立つ日には、並んだ舳先（へさき）が一斉に上を向き、そしてまた底の方から落ちるのが繰り返されるさまに見とれた。彼の目には、船たちがそうやって一定のテンポでうなずく様子が病院の看護師たちの顔のように見えた。入院患者たちをなだめるために、しかし誰彼を区別することなく、ただただうなずく。〈ええ、はい、おっしゃる通りです。そうそう。でもこうしますからね、やり方は今ご説明します。はい、はい、分かります、そうですよね。はい立ってくださいね、はい腕を貸してください、はいお口を開けてください、こうやって〉そのやり方は、まるで人と人の関係を決めるのは個人の特性ではなく年の数だと言っているようで、シオの胸に深い哀しみを生んだ。

　ほらまた、数字だ。病院では聖書にある家系図と同じように、誰もが名前と数字だけに変換される。そう考えれば、自分はその場所で終生過ごすのに向いているのかもしれないと彼は思った。

ベルガーディアで偶然一緒になったある朝、シオが毅にこの話をすると、毅はうなずいた。東京でもよくあることで、地域の問題ではない。というか、みんなが知り合いなら、むしろシオが働いている病院の方がケアは行き届いているんじゃないかな。残念ながら、忙しければ忙しいほど個別の対応は難しくなる。それはなぜかというと、平凡な話だけれど、患者さん一人一人に重きを置こうとするとルーティーンが途切れてしまうからなんだ。仕事にルーティーンが欠けると、長期的にすごく大変になる。

ゆいはシオのことを、賢く、類まれな感受性をもった子だと思った。毅は彼に、駆け出しの、救急で働いていた頃の自分の姿を見ていた。患者から患者へ飛び回り、簡易ベッドで二時間寝ただけのぼろぼろの背中で帰宅するような生活は、人を救うことから最も遠いような気がしていた。

彼らは友達になった。毅は毎回少なくとも一時間、シオの話を聞いて質問に答える時間をとるようにした。そのまま食事に行くこともよくあった。ゆいが自分のことはお構いなくと言ってウニを堪能している間、毅とシオは、シオの付箋とメモがびっしりと付された分厚い医学書を開き、議論に熱中していた。

毅はシオに父がいないと知っていたので、自分の役割が帯びる責任を強く感じていた。彼は助けになりたいと思っていたが、しかしどうすればいいのか？　シオが翌年から東京で勉強するための奨学金のことを口にした時、毅は自分が何か具体的なことをしてやれるのではないかと思った。彼は出願候補になりそうな大学の情報を集めた。ここはどう？　こっちは？　わざわざ東京中を巡って入手してきたパンフレットをシオの前に出し、一緒に検討した。大学院はどうするのか？　シオに考えはあっただろうか？　それは重要な決断だった。それによってキャリアの方向性がまるで変わるからだ。それから、どんな医師になるつもりなのか？　患者に寄り添う医師、それとも医学雑誌に載るような記事を執筆する医師？　あとは、英語ができるか？　それは必須の道具だ。抜きで済ますというわけにはいかない。

シオは決して家族の話をしなかった。彼が話すのはただ、どれだけ勉強しているかということと、毎日目にするもののこと。病院、道端、食堂。彼は毅が勧めるものには何でもやる気を見せた。彼は人生を変えたいと思っていたのだ、彼はそこを出て行きたいと思っていた！

ゆいと毅が彼の父に起きた真実を知ったのは、やっと一年後のことだった。

28

シオの母が本の中に挟んでいたもの　三例

1）神谷美恵子『生きがいについて』（東京、みすず書房、一九六六年）五六ページ
もみじの葉　一枚

2）小川洋子（文）、樋上公実子（イラスト）『おとぎ話の忘れ物』（東京、集英社、二〇〇六年）二〇ページ
松葉　二本

3）石田徹也画集『石田徹也全作品集』（東京、求龍堂、二〇一〇年）五、三三、五〇ペ

ージ
順に　菫二輪、彼岸花一輪、セミの翅一枚

注：シオの本名は「栞」といった。けれどある日、母が作ってくれたココアに砂糖と間違えて塩を入れたので、その時からみんなに「シオ」と呼ばれるようになった。

29

シオは受話器を取って言った。「お父さん」。そして尋ねた。元気でいるか、何しているのか、なぜそちらへ行ったきりなのか。弟はますます家から出なくなって、部屋はまるで豚小屋だ、おばさんたちは本当にちょっと重たい（心配してくれてのことではあるが、元気が出るように何をしてあげたらいいかと、ひっきりなしに聞かれる。でも彼だって、そんなことどうして分かるものか？）。もう父親が帰ってきていい頃だ。全てを支えるのは、シオ一人では限界だった。

〈お父さん〉、彼は父をそう呼んでいた。彼は祈る時にも同じ言葉を唱えたが、それは繰り返せば繰り返すほど、意味を失っていくようだった。その言葉で父を侮辱している時すらあった。

「侮辱？　どうして分かるんですか？」

「彼が自分で言ったんですよ」鈴木さんがそう答えた日、毅は彼に、奨学金申請の書類について話をした。

「奨学金って？　どこの？」

ついに、シオが大学院まで進みたいと思える東京の医大が見つかったのだ。そのうえ奨学金で、入学金から寮の生活費、家賃といった諸費用を全部まかなうことができるのだった。

「えっ、本当に？　シオが？　東京に？」鈴木さんは啞然とした様子だった。

はい、そうなんです、と二人でうなずいてみせた。毅はさらに強調した。その奨学金なら、間違いなく応募してみる価値がある。シオは成績がいいし、哀しいことではあるが、孤児ということだから、それも獲得につながるだろう。

「シオはまだここを離れる準備ができていませんよ」鈴木さんは答えた。

「でも、もう三年経ちます」ゆいはゆっくりと、評価を挟まないように気をつけながら言った。

「いいえ、お母さんが亡くなってからという意味ではありません、そちらはいくらか立ち直ってきたようですから。それよりお父さんのことです。あの方にはまだ彼が必要だから、シオには、お父さんを置き去りにすることはできないかと」

置き去り？　どういう意味だ？　毅はそこに注意を払った。その返答には何か暗いものが潜んでいるように感じられた。

めったにないこととはいえ、まれにあるんですよ――鈴木さんが言った。ベルガーディアに来る人で、亡くなった方ではなく、生きている方とお話しに来ている、ということが。ゆいと毅は呆気（あっけ）にとられて顔を見合わせた。そう、シオの父親は他界してはいなかった。二人にもそれはよく分かった。鈴木さん自身は、一度だけその人に会ったことがあった。父が正気を取り戻してくれたらと、青年は最後の手段として彼をその人のもとへ連れて行った。


あの二〇一一年三月一一日、シオの父の船は、岸へ急ぐ代わりに沖へと針路を向けた。津波をのり越えることで衝撃を避けようとしたのだ。しかし波は相当のものだったから、船は町なかに座礁し、まるで戦利品のような、異様な形でビルの屋上に引っかかった。それは何年かののち、あの大惨事の象徴といわれる光景の一つにまでなった。

あのとてつもない大波が襲ってくるたび、船は空に向かって持ち上げられ、そしてまた海にたたき落とされた。男性の顔に浮かんでいた、狂ったような恐怖の表情について聞かされたのはもっとあとのことだった。その日、船上にいたのは彼一人ではなかった。彼と一緒に女性が一人いた。

彼の心を打ち砕いたのは、津波の初めの猛威ではなかった。むしろ時間が経過するほど、いつまでも渦巻いて止まらない海と、大槌湾を押しつぶすようなあの静寂への恐怖が高まっていった。シオの父は、沖に吸い込まれてきた瓦礫の合間に何十と死体が絡まっているのに気づいた。いくつかの絵で見たように、死体には木片が突き刺さったり、異常なポーズになったりしていた。大きく見開かれたままの目は、戦死した兵士のようだった。

船のキャビンでうずくまっていた女性は、ここから逃げようと彼を説得した。ある種の物事は、一度見てしまったら消そうとしても頭から離れなくなる。しかし彼は繰り返した。船の外で人が死んでるんだ、人が虫けらみたいに流されてる、一人でもいい、生きてる人がいたら引き上げてやらないと。

彼は、頭に目立つ裂傷を負ったまま漂ってきた少年を、なんとかして釣り竿（ざお）と網で捕えようとむなしくも頑張った。少年は、息子が通う高校の制服を着ていた。生まれたばかりの赤ん坊と母親を見た時は、涙が溢（あふ）れて思わず手で目を覆った。彼らが入っている箱は、半分だけ水に浮かんでいた。自動車だった。何十台、何百台と見えるその罠（わな）の中で、夥しい数の人が溺れ死んでいた。まるで、町のお祭りで捕ったけれど、家に着く前にもう袋の中で弱っている、小さな金魚のようだった。

何時間か経つと、シオの父には人が海の生き物に見えてきた。痩（や）せ細った手足のお年寄りたちはカニに、水に流されてきた男たちは、飢えた口を大きく開いたコイに変わった。家や店は、一瞬にして、溺れないようしがみつくための岩礁や艀（はしけ）になった。

だが何より悪かったのは、彼が誰一人として救えていないことだった。船の横腹にたたきつけられ、それでもよじ上ろうと最後までもがいていた、あの男性も。

その人を見た時、シオの父は何か親しみのようなものを感じた。五十代だろうか、全身ずぶ濡れだったが、頭のてっぺんに小さな丸い乾いた部分が残っており、それが必死の抵抗を思わせた。

「頑張れ！」　彼は何度も繰り返しそう叫んだ。だが、その人は一つも言葉を発することはなかった。互いの指がわずかに一瞬絡み合った時も、シオの父が、自分も落ちるのを恐れてつかんだ手を離した時も、彼は何も言わなかった。そして、男性がふたたび海に呑み込まれ、その姿が、水流で粉砕されつつある家の残骸の背後へと消えてゆく中で、シオの父は思い出したのだった。あの人は、土曜の午後の、仕事を終えた帰り道にいつも立ち寄るパン屋のご主人だ。うちのは日本一おいしいメロンパンですよと、いつも明るく胸を張っていた人だ。

ある話によれば、シオの父は誰かの遺体を妻と取り違えたらしい。あるいは、本当に妻の姿を見たのだけれど、自責の念からおかしくなってしまったとも言われている。

彼はその日から強硬症(カタレプシー)に陥った。海藻に姿を変えた。かつて彼が、絡まっているのをほぐし、二つに分けて片方をこちら、もう片方をそちらの竿に引っ掛け、風に当てて乾燥させていたもの、彼はその一つになり変わったのだ。体に問題はなかったが、頭はもうそこになかった。

そしてシオは今、行方不明と発表された母ではなく、生きていて同じ屋根の下で暮らしている父と話すために、風の電話を訪れているのだった。彼はそこから母に電話することをむしろ拒んでいて、それは、母はまだどこかにいるはずだから、ということだった。きっと母本人が、いつか天気のいい日に、真っ二つに分裂した父をくっつけるために帰ってくると思う、シオはひそかにそう打ち明けた。もしかすると、これは浮気に対する母の仕返しだったりもするんじゃないか、と彼は思っていた。父の一部分、一番いい部分を、母は持ち去ったのだろう。

それから五年が経つ間に、息子の目に映る父は、ノアになった。


「恐ろしい話」ゆいはつぶやいた。「何も方法がないなんて、お父さんを……」

〈修理する〉と言いそうになって踏みとどまった。

東京に引っ越した時から、壊れたおもちゃのように街中をうろつく人たちを日常的に目にしていた。そういう人たちは、人混みの端に、何千人という他の人たちの人生の縁(へり)に留まっている。彼ら以外の人たちは、毎日同じ時間に目覚まし時計を設定し、プラットフォームで行儀よく列に並び、一斉に同じ動きで電車に乗り降りし、「おはようございます」と「お疲れさまでした」を何十回も繰り返し、自分の唾と他人の唾を飲み込み、崩れるようにずり落ち、最終電車の終点で目覚め、それからまた出発する。

体育館で出会った、額縁を手放さない男のことも思い返した。二つの話は全く別物であると分かっていても不憫な気持ちがした。

毅も、少し待ってから返事をした。

「むしろ、そういう話ならなおさら、少しの間離れるほうが彼にとっていいんじゃないでしょうか？」

毅は昔から、距離をとることに信頼を置いてきた。

「時には環境を変えることも必要です、起きたことを捉え直すためにも」彼はそう付け足した。

「周りは促すんですが、毎度シオに断られまして。初めはいつもそうすると言うんですが、結局最後に諦めてしまう。いつかお父さんが目を覚ますと信じているんです」

「でも、そんなことってありえるの？」ゆいは毅に向かって聞いた。

「正しい手順で進めればできないことはないよ、ただし、相当時間がかかるけど……」

その日東京に戻る車中で、ゆいと毅はほとんど話さなかった。

ベルガーディアに通い始めてから、二人はそれまでと違う目で人を見るようになった。たくさんの人たちの人生が彼らの人生とぶつかる。鈴木さんのカフェや、あるいは外の、大槌町の道端や鯨山に囲まれたところで起きる、小さな衝突。他にも、シオの時のように、誰かの人生が彼らの人生の内に組み込まれることもあった。

青年はなぜ父親について何も言わなかったのか？　亡くなったと言ったのはなぜだったのか？

それはおそらく単に彼が、父はある意味母よりもなお死んでいると考えていたからだ。それに、凡庸な言い方に聞こえるだろうが、シオは恥ずかしく思っていたからだ。父のことだけではなく、そんな反応をする自分自身についても。彼は、分かりやすい悲劇にまかせて、ゆいたちにはよい印象を与えたままでいたいと思っていた。

「気が向いた頃に、自分から直接話してくれるだろう」沈黙を破ったのは毅だった。もう東京に着くところだった。

「そうよね、そう思う」ゆいは間髪を容れずに答えた。

二人の間では、主語を明らかにする必要も、無くなりつつあるようだった。

30

シオのお気に入りの聖書の一節

「四十日たって、ノアは自分が造った箱舟の窓を開け、烏を放した。烏は飛び立ったが、地上の水が乾くまで、行ったり来たりした。次に鳩(はと)を自分のもとから放した。地の面から水が引いたかどうかを確かめるためであった。しかし鳩は、足を休める所を見つけることができなかったので、ノアのもと、箱舟へと帰って来た。水がまだ全地の面にあったからである。ノアは手を伸ばして鳩を捕らえ、箱舟の自分のもとに引き入れた。さらに七日待って、もう一度鳩を箱舟から放した。夕暮れ時に、鳩は彼のもとに帰って来た。すると、鳩はオリーブの若葉をくちばしにくわえていた。そこでノアは水が地上から引いたことを知った。さらに七日待って、また鳩を放した。しかし鳩はもはや彼のもとには帰って来な

かった。」（創世記八：六―一二）

31

娘が生まれた時、ゆいは驚嘆した。こんなちっぽけな生命でも、あらゆるものを必要としている。お皿、食器、叫び声、満杯の冷蔵庫、子守歌、予防接種。それらの仕事の現実的な側面は好きではなかったが、それでも彼女はすぐ慣れるようにと努めた。

母子手帳には細かく書き込みをしてあった。母と子のための小さなノートは、娘が生まれるより前に市役所でもらったものだった。妊娠中、毎週の体重と血圧を記録した。そして生まれた時、正確な数値を書き写した。二千七百三十九グラム、身長四十七センチ。備考欄にはこう書き加えた。指が五本×四。髪の毛は茶色でふさふさ。狂ったように泣く。

喪失の哀しみを経験した人なら誰でも、ある時ふと疑問に思うものだ。覚えようとすることと、忘れようとすることでは、どちらがより難しいだろう。以前のゆいには答えられなかったが、今なら確信をもって言えた。後者だ。忘れようとした時の方が、よりしぶとく離れないのだった。

娘が死んだ時、定規とマーカーで左下から右上へ線をひいて、空白のページを一つ残らず斜めの印で消した。精神が沈んでも体が支えになるようにと、あれこれ身体的な活動に取り組もうとした。それでも時々、予防接種まであと何か月と指を折って数えたり、あの子に何を買ってあげようかと考えたりすることがあり、それで分かった。精神は一度何かを学ぶと、吸収したことをそう簡単には放棄できない。

へその緒については、どうしたものかと悩んだ。通説によると、それはあらゆる危険から子供を守り、病気になっても死の淵(ふち)から連れ戻してくれるとさえ言われている。微細な粉になるまですりつぶして、病気の人に飲ませるとよいのだと。

その小箱をもらったのは出産の翌日、小さな肉片が乾くまでの間にかびが生えたりしないようにと、蓋を開けたままで届けられた。

ゆいは元から整理整頓がとても苦手だったが、それは大切に保管していた。風習にならって、娘が結婚する日に贈るつもりでいた。

いまやすっかり黒ずんだその小片をゆいはどうしてもすりつぶすことができずに、自分の母と娘が一緒になった壺(つぼ)の中へ落とした。彼女は二人分の遺骨と遺灰を家に持ち帰り、二人が発見された時のまま近くにいられるように、両者を互いに重ね合わせながら、別の容れ物に移した。抱き合わせるようにして。

「抱き合ってた？」ある晩、毅は話に感じ入りながらも、ためらいがちにそう聞いた。

ゆいはうなずいた。彼女は手をハンドルに置き、ベルガーディアから東京までの帰り道を運転していた。

気持ちのいい日だった。その日は地元の人たちと一緒にバーベキューをした。大槌からも三十人ほどが来て、子供は七人いた。犬を連れたあのおばあさんが姿を見せ、あんドーナツを配ったり、ドイツ人のお嫁さんに赤ちゃんができた話をしていた。鈴木さんの奥さんはおいしいちらし寿司を作ってくれた。啓太はいつも通りの上機嫌で、入試に合格したことを報告した。彼も母と同じ東京大学に行けると決まったのだった。

一日の楽しさからか、あるいは偶然二人にとっての記念日だったからか（「お二人が初めていらしてから今日で丸二年ですよ、ご存じでしたか？」鈴木さんが、風の電話の訪問記録を二人に見せてそう言った）、その日のゆいには、その話ができるだけの気力があった。

「そう、抱き合ってたの」

彼女は語った。インフォメーションセンターで、母と娘が見つかった可能性が非常に高く、遺体の状態に応じて本人確認かＤＮＡ検査をする必要があると言われた時、二人を見るのかと思うと恐ろしくなった。もしそれで、二人をその姿でしか思い出せなくなったりしたら？

「お見せしたい写真がありますって言われたけど、あくまでも、わたしが見てもいいと思ったらの話で、そこはわたし次第だった。だから先に説明してもらえるように言ったの。そしたら、抱き合った状態で見つかりましたって。まるで生きてるみたいで、悲惨なのにものすごく優しい光景だった。それを見た誰もが心を揺さぶられたって」

そう、二人は見つかった時、まるで閉じた二枚貝のようにくっついていた。

「びっくりするほどきれいな抱擁で。何て説明したらいいか分からないけど、母が両手を組んで、娘の体をつなぎとめてるような。その格好のまま眠ってるみたいだった」

ボランティアの人たちが二人を発見した時、彼らは決まった手順に従い、声を失った喉の上や、煤がこびりついた鼻の下に指をのせたのだが、勘にすぐれた人たちだったので、両者を抱き合わせた第三者の存在を（息子？　娘？）想像した。その人がまだ生きていたら、きっと二人に会いたがるはず、と彼らは考えた。

彼らはすぐに写真を撮った。それが終わって初めて、二人の体がほどかれた。

「それは賢明だったね」毅はウィンドウの外を見ながら言った。しばらく山間を走ってから、左手にまた海が見えてきた。東京はもう目と鼻の先だった。

ゆいも海を見たが、それは大きく目の前に迫ってきて、彼女は速度を落とした。

〈また？〉そう思い、慌ててチョコレートに手を伸ばすのがやっとだった。だが今度の吐き気は特に強かった。

「寄せて」毅が素早く指示した。彼はすぐ先に見えるサービスエリアを手で示した。まるで彼が、彼女のためにその場所を手の平にのせているようだった。

ゆいは車から駆け降り、鍵穴に刺さったままのキーが揺れた。

海に向かって立ち、真正面からそれをよく見る。

ほら、またた、また来た。彼女は海を見つめた。あらゆるものがその中にあった。

ほら、水がくる。ほら、瓦礫が、道路の端の雪みたいにうずたかく積もっている。

ほら、あの体育館の、二×三メートルの四角形。額縁の向こうからわたしを観察し、タイトルをつけて高らかに言った、頭が変なあの男。「食べないやつ。テレビ見ないで海見てるやつ」

ほら、安置所でちらりとだけ横目に見た数々の死体。氏名不詳としておくほかない肉片たち。身元を特定するだけのために抜かれた歯。

そしてほら、海だ、計り知れないあの海、ゆいが毎日のぞき見に行った海。木につかまって、そして同時に世界で最も強いものに——自分の意志に反してまだ彼女の中にあった、命に——すがりついて。

それらの映像が、代わる代わる、そしてまた一から、彼女のなかで繰り返された。それらは内臓を押し上げ、みずから外に出てくるようだった。

吐き気を感じるようになって以来初めて、ゆいはその潮を止めようとはせず、それは外へ流れ出した。
突き上げられるたび、何リットルもの塩水と瓦礫から、そしてあのどろどろした不気味なものから、自分が解放されていく気がした。あれを何年も無理に押しとどめてきたのは、記憶までも一緒に出ていってしまうような気がして恐かったからだ。たとえば喜び。娘が生まれた日のことや、娘をしつける時に〈いけない〉より〈いいよ〉を多く言ってあげられたこと。それから毎朝あの子をキスまみれにして起こすあの濃密な幸せ。そして母の手、家を出る時いつも「行ってらっしゃい」と背中に添えてくれたあの手、お腹いっぱいになるほど何度もささやいてくれたあの言葉。「ゆいちゃん、あなたって本当にすばらしい娘（こ）ね」

毅は何も言わずに彼女の額（ひたい）を支えていた。反対の手は、今ではますます長く黒く伸びて、すそにだけ黄色いすじが残るゆいの髪の毛を握っていた。

中に残ったものがもう空気だけになると、ゆいはうずくまった。自分を抱きしめてやる必要を感じた。

泣きはしなかったが、海からは一瞬も目を離さなかった。確信があった。それから彼女も現実に確かめることができたとおり、吐き気はもうなくなり、二度と来ないのだった。たとえ彼女が、永遠に付き合っていくものとしてそれを甘受していたにしても。

彼女は間違っていた。よいことだけでなく、悪いことにも終わりはあるのだ。

毅は、目の前の海を遮らないよう、ずっと彼女の後ろにいた。その背中を最初、嘔吐している時は下から上に、その不可解な物質の移動を促すようにさすり、それから、吹きやまない風をしっかり吸えるよう、反対方向に撫でた。

「わたしは運がよかった」立ち直ってゆいが言った。それは事実だと心から自覚していた。「少なくとも、最後に一目会えたんだから」

それからさらに何年も遺体を捜し続けた人もいたし、見つけるのは諦めざるを得なかった人もいた。ある種のことは、目に見えないかぎり、終わりが訪れない。

おそらく道路の一部にかかった深い闇だったのだが、車に戻って東京への旅を再開する前に、ゆいは山の裾野にぽたぽたと垂れる、悪臭を放つ液だまりに目を留めた。

それは黒く、きらきらと光り、おとぎ話の悪魔のように見えた。

「真っ黒」

「色は分からないけどさ、ゆい、えっと……」

「ホラー映画みたいだったって？　遠慮なく言ってよ！」

「冗談抜きで、こんなふうに吐いた患者さん見たことない」

彼らは東京に入るまで笑い続けた。彼のその無神経な描写に、それから、もう一度車を寄せる羽目になった、アニメで見るような彼女のジェット噴射に。彼らはそのあともさらに笑った。涙が出るほど、お腹をつかみあったりもしながら。

息ができなくなるまで笑った。

32

出産を手伝った助産師さんがゆいに説明してくれた、へその緒の言い伝え

「日本には古くからある習慣でね、お産のあと、へその緒をお母さんに渡すの。お母さんの栄養を何か月も赤ちゃんに運んでるんだから、それって胎盤と同じくらいすごく貴重なものでしょう。

へその緒がお守りみたいになって、赤ちゃんを一生守ってくれると信じられていたからね。昔のお母さんたちは、子供が男の子なら戦争に行く時、女の子ならお嫁に行く時に、その子にへその緒を贈ったそうよ。

それからこれも言い伝えで、命に関わる病気の時に、へその緒をすりつぶして粉薬みたいに飲むと、それで命が助かるんですって。すごいじゃない？」

「蓋は開けたままにしておきなさいね。今は白くてつやつやだけど、明日にはもうすっかり乾いて茶色くなって、どんぐりくらいの大きさになるよ」

33

「実用的なものは、整理するのに役に立つわ」

口火を切った最初の一言が、長い話になると予告していた。宙に浮いたまま止まった母の手を見て、毅はそう直感した。

「ほら、電話ってさ、実用的なものじゃない」

毅は夕食の残りを次々小鉢に移し替えて、空いたものを重ね、小皿ものせ、片手で箸を集めた。

「風の電話の写真を見たけど、あたしたちの時代に使ってた電話にそっくりじゃない。あ、でも、あなたたちの頃もまだそうだったわね？　あれって真ん中だけ見ると何となくネックレスとか、お数珠みたいよねえ」母は手首の周りを丸く囲って言った。「お坊さんが着けてるあれよ、あれ」

〈一つ言うのに、いくつの喩えが必要なんだろうか？〉

毅はため息をついた。母がみかんをむいている間に席を立った。夕食は済んでいた。皮とともに香気が立ち上る。彼は積み上げた食器を流し台の脇に置いた。

彼の母親は、台所に男子を立ち入らせないような人ではなかった。むしろ、息子と娘で違いをつける必要がどこにあるのかという思想のもとに彼を育て上げた。

毅はもう何十回目かの「そうだね」「本当だね」をつぶやき、さらにいくらか音を発したが、それらは言葉にもならなかった。大抵、それだけ言っておけば多少落ち着いてくれる。

「まあでも、そのうち自分でも外に出て楽しいことをしたくなるわよ。その年頃の子は遊ばないと、絶対に遊ばないといけないんだから」母の言葉の重心は、〈ないといけない〉の部分に一点集中した。「今遊ばないで、いつ遊ぶっていうの？」

「分かってるよ、でもこういうことは時間が必要だから。小児科の先生にもそう言われたし」最終的に毅は口を挟んだ。

そう言われた？　本当に？　今は思い出せなかった。そうだったかもしれないが、もうあまり自信がなかった。とはいえ毅は、母を止めようとするなら、威厳ある第三者の存在、できれば男性が求められることを知っていた。

「でもやりすぎはかえって毒よ。時間が経てばよくなることもあるけど、それで傷口が広がることだって……そこで何もしなかったら、跡が残るだろうしねえ」彼女は答えた。

花が物を言わなくなってもう二年になろうとしていた。母が言っているのが心の傷のことだとしたら、もはやそんな次元ではなかった。誰も幻想を抱いてはいない。だが毅はそれを言わなかった。誰かが、何か解決するにはこれでいいと自信をもっているなら、そうさせておくべきだと信じていた。

「今に元気になるわよ、絶対。ベルガーディアに連れて行って、仕組みを説明してやりなさい」

窓から見える空は山の上に落ちてきたよう、雲は富士山の輪郭を喉元で締めあげているようだった。窓の下には鉄道が走り、対をなしたプラットフォームが、道路に沿って近づいたり離れたりしている。妻の死後、引っ越したらどうかと言われたものの、その窓からの、毎日違って見える景色に惚(ほ)れ込んでいる自分に毅は改めて気づいたのだった。

「初めてその電話の話を聞いた時、頭にすぐ浮かんだのはお仏壇。考えてみたらあれも、すべてに終わりがあるって分かって暮らすためのものじゃない。家の中にいつもほんのちょっとだけ死があるって言うのかしらね」

毅は同意した。確かに、仏壇を自宅に置くのは日本の多くの家庭に続く習慣だ。管理が大変だからと嫌がる人もいるが、間違いなくそれは死への理解を深め、亡くなった人との間に、今までと異なる関係を築くチャンスをもたらしてくれるものだった。

「子供の頃から、言ってみれば、お仏壇に教えてもらったようなものよ。物事は目に見えなくてもそこにあるんだって。日常生活から消えたからって、完全にいなくなったわけじゃなくて、むしろその反対。たとえば、おじいちゃんおばあちゃん、つまりあたしのお母さんの親は、あたしがこの世に生まれるずっと前に死んでるし、それからあたしには兄弟がいたけど、死産だった。その人たちは目に見えなくなった、そうでしょ、でもだからといって、話せなくなったわけじゃない。移動してる、とでも言っておこうかしらね。台所とか寝室から出て、居間を通って、それで仏壇に移るのよ。おばあちゃんたちは今日はこっち、明日はそっち、ってね」

毅はうなずき、彼の知る唯一の写真の中の曾祖父母を思い浮かべた。かつての時代の立派な様式で撮られた肖像写真。着物姿の女性は座り、男性は横に立つ。その顔には、かしこまった威厳ある表情が浮かぶ。毅はぼんやりと考えた。笑顔は、一体いつから写真の定番になったのだろうか。

「こういうことってさ、子供の頃は魔法か、こういう穏やかな宗教でしか分からないものよね」母は続けた。「それにねえ、死んだ親と話す方が、生きてる親と話すよりずうっと楽だったわよ。実際いつも黙らされてたからね。いつだって、『お前の方が小さいんだから口を出すな』って言われてたわ。でも考えてみるとさ、ね、笑えてくるの、だって必ずあたしの方が小さいのは当たり前じゃない、ねえ?」

毅は食卓の上にあったみかんの皮を集めてごみ箱に入れ、分別収集に向けて袋をまとめ始めた。

「仏壇って癒しみたいなものなのよ、お父さんだって、今でも一緒にいるような気がするわ」

母はいつも父と話していたことを毅は思い出した。父が死んだ時母は四十歳で、五十を過ぎてから母と結婚した父自身は、母より二十歳上だった。とりわけ浮かんでくるのは、延々続く母のストレス発散語りと、そんな母の話を辛抱強く聞く、公平で飄々とした父の姿だった。母が溜まりに溜まった一日の出来事を食卓にぶちまけると、父はその砂の中を探り、ほんの小さな貝殻のかけらも見逃さずに母を喜ばせた。

そして今、彼女はつれあいも眠る祭壇の前で膝をついて背筋を伸ばし、線香に火をつけ、ちょっとしたお菓子と白いごはんをお供えし、生きていた頃と同じように、まだまだ話を聞いてほしいと彼を呼ぶのだった。息子はよく母が畳の部屋で座布団に頭をのせたまま、おかしな格好になって眠り込んでいるのを見つけた。

「ああ、そうね。お父さんはこういう、おしゃべりでだらしない母さんが好きだったのよ」毅がそれとなく話をすると、母は楽しげにそう答えた。

物事を改善するには年を取りすぎたとか、頭が足りないと感じるたびに彼女を襲う一抹の寂しさは、その返事とともに上げた笑い声にのみ込まれていった。

「花もベルガーディアに連れて行く件だけど、どっちにしろ友達にアドバイスをもらおうと思うんだ」毅はもとの話に筋を戻して、それをまとめにかかった。「やってみるのもありだろう」

「いつも一緒に岩手に行く人？」

「そう、その人。ゆいの方があの場所に詳しいから。花を連れて行ってもいいと思うか、意見をもらうよ」毅はそう締めくくった。「じゃ、もう寝よう」

台所の最後の一角を照らしていたレンジフードの明かりを消すと、二人の影は姿をくらました。

34

毅にとって父のことで最も強く印象に残っている十の思い出

初めて東京タワーに上った時、その街の巨大さを目のあたりにしたこと。

食卓で瓶の蓋をたえず開け閉めする癖。

指先で物をとんとんとたたく様子。

子供はどうやって生まれるか説明してくれようとした時の、ぎこちなく分かりにくいやり方。

時々席を外して叔母に電話をかけていたこと。声をひそめて、それは真剣に叔母と交わしていた会話。

イタリアのおみやげに持って帰ってきてくれたフェラーリの模型。

父が初めて、そして一度だけ泣いたのを見た時。叔母が亡くなったのだ。一緒に落語を見に浅草に行った時。

肘掛け椅子の上で動かなくなっている父と、足元に落ちている新聞を見つけた日。眠っているみたいに見えたが、心臓発作だった。

棺の中の安らかな顔。周りを埋め尽くす花々（特に百合の花）と好物のお菓子（饅頭）と、そこで交わされた言葉。

35

妻の明子が娘に何よりも信頼を教えようとしていることに、毅は早くから気がついていた。

もちろん、駆け出しの母ならみなそうであるように、あの子に何かあったらという恐れを彼女はつねに抱いていた。彼女が何よりも恐れていたのは苦しみ、そしてそれが、誰か人の手によって引き起こされることだった。「ものはそこまで恐くないのよ」彼女は言っていた。世界中の固い物質、たとえば自動車が坂道を転げ落ちてくるとかいうことだ。花のことで彼女を心配させるのは、その子が行き交う人たちと、たとえ少々おぞましい顔をした老人だったとしてもお構いなしに、子供らしく目を合わせようとすることだった。

それでも、恐れと信頼ならば、彼女はいつも後者を選んだ。

毅の記憶では、妻とした唯一の喧嘩はある日のこと、母子がカフェで朝食をとった帰り道、花が道端のホームレスに近づき、誇らしげに自分の絵を見せようとした時だった。「見て見て」彼女は叫んだ。明子は、花をホームレスの手の届く範囲から引き離す代わりに花を道路の縁に座らせ、ふたりの一日が気持ちのよいものになるようとりはからった。

子供にもやはり多少は不安を感じさせるべきだということを、彼女は理解していなかったのだろうか？　それを教えてやるのは大人の責任じゃないか。毅はその夜、花が眠ったのを確認してからすかさずそう言った。子供には危ないことが分からないし、死が何かも分からない。花は、虫の死骸を見つけたら寝ていると思ってるし、もし踏切で誰か大人が手を引いてやらなかったら、たぶん電車に向かって両手を広げて駆け出すだろう。

ちがう！　明子は強く言った。人生や人を恐れることは花を弱くするだけ。あの子が理解できるようになるまで守ってやるのは自分たちの責任。でもその前に喜びを教えてあげなければならない。

「毅、人生は愛するものでしょ。人は信じるものだって学ぶべきよ。人を嫌いにさせちゃだめ、憎んでしまったら逃げ道がなくなるもの」彼女は声をひそめてそう締めくくった。

そしてすぐ夫に抱きついた。それは、本人にも理由が分からない突発的なかんしゃくを花が起こした時、娘とのやりとりの中で学んだ方法だった。

その夜、二人は愛しあった。花にきょうだいを作ってやるなら今が最良の時だと考えていた。それから三か月後、運命は皮肉なもので、妊娠の徴候を探っていたまさにその過程で、明子に癌が見つかった。

子供時代は誰にとっても消え去るものだ。あらゆる子供はいつか死を迎える。だから花だっていつか消えてしまう。花の父親はそう考えていた。だから、急いで花にそれを取り戻してやる必要があった。

花の母にとって、母親になるために仕事を断念せざるを得ないというのは大変な災難だった。歌手を目指して四歳から勉強してきたというのに、妊娠には多くの困難が伴い、彼女は五か月寝たきりになって歌ができなくなった。誰に強制されたわけでもなかったし、毅は義母と一緒に子供の世話をすると欠かさず申し出てくれたが、それでその選択のつらさが紛れることはなかった。誰に頼まれたわけでもないのに、明子は必ずそうしなければならないと思っていた。

その子が生まれると、明子と花は絶対的な共生状態で生きるようになった。母は娘が自分を必要とする以上に、自分が娘を必要とする様子を見せた。キャリアを止めてしまったままの明子は、長すぎると感じた休業期間を経てからまたその世界に戻る勇気を失くしていた。負担になるのは疑いようもないことだった。それでも花への愛情は計り知れないものであり、その子と一緒にいることが楽しいと彼女はよく言っていた。

近くに住む、専業主婦である夫の母に応援を頼むこともできたが、「選択によって人生は作られる」と、彼女は子供の頃から口をすっぱくして言われてきた。だから彼女は、自分のしてきた選択からどんな人生が出来てくるのか、とにかく見てみたいと思っていた。それに、義母のおしゃべりに対抗するのは骨が折れた。毅のシャツの裾を引っ張ったり、食事の終わりに彼の手を撫でたりといった、義母の癖が彼女は好きではなかった。その高齢女性が花のことを正そうとするやり方や、毎日鏡の前で彼女が娘に結ってやる手の込んだ髪型を、強く撫でてぐしゃぐしゃにされるのにはほとほと困っていた。両者の間に一種の愛情獲得競争が生まれるほど、明子は嫉妬していた。

義母のほうは嫁を気に入っていた。彼女のことをいつも理解できるわけではなかった。たとえば明子がふさぎこんでいたかと思えば翌日嬉しそうにしていた時には、一人の人間の内でそれほどの変化が起こるものかと、わけの分からない思いがした。それでも、その若いお嫁さんの中では楽天的な部分の方が優っていたので、それだけでもすごいことのような気がした。

毅の母は、息子に我慢を強いてきた自分のお小言に関する汚名をそそぐのに、二十年の月日をかけた。夫を亡くしたあと、それまで実際手を付けたこともない生活を一人で回すことになったあの混乱の時期は、特にひどいものがあった。自分自身が育った苦しい環境を思い出すことでだけ、彼女は自分を許すことができた。

何度考えてみても、息子が大学まで出た（しかも医学部を！）ことは奇跡であり、自分は人生をどぶに捨ててきたのではないかという不安に襲われた時は、必ずそのことを考えた。息子が医者になるんだ！　息子が人の命を救うんだ！

けれど、友人たちや、たまたま言葉を交わした見知らぬ相手に対しては、そんな自分の驚いた気持ちを見せないように振る舞った。その成功を当然のものと見なしていれば、彼女は、中目黒の高級マンションに住み、いつも生き生きした玄関の花に囲まれ、孫が通う私立の幼稚園に足を運ぶ、ある種のライフスタイルに完璧に組み込まれた人間に見えた。

そういう、これまでに背負ってきた苦労もあったから、人生においては自分はある一定量の貸しを積んでいると思っていた。息子にとってのいい伴侶、そして彼女にとってのいい嫁、それは最低限与えられていいものだった。

そして明子が、バンクス一家に舞い降りたメリー・ポピンズみたいにやって来た。彼女は、うっとりするような声をもつその女性の、毅や孫に対する物腰をとりわけ気に入っていた。彼女は家のことに関してとてもきっちりしていたし、誰かのお祝いも、公共料金の支払いも忘れなかった。それでいてぼんやりしてもいて、失敗にこだわらない人特有の、生まれながらの軽やかさがあった。

そう、明子の良さは何といってもそこにあった。世界をありのまま受け入れることができる。明子は彼女と違って、物事がうまくいかなくても思い悩んだりしなかった。もちろん、嫁はちょっぴり食べすぎるきらいがあったし（明子はバナナのスペシャル・エクレアが大好物だったが、義母にとっては、正直に言うとさほどでもなかった）、毅や娘に始終頬ずりしていた。それに、明子は感情面では間違いなく過剰だった。確かに、家族のために自分の気持ちを犠牲にするのは往々にして女性だけれど、それでもあれほどの明るさと自信は、そうはなかった。どんなに頑張っても、自分にあの勇気は持てないだろう。

けれど、それから明子が病気になって、全てが地割れの中に落下した。


葬儀の二週間後、少女の沈黙が去る気配が一向に見えないのに気づき始めた時、毅の母は、それが愛情の直接的な結果なのではないかと懸念した。何かを失う運命ならば、初めから諦めていた方がいいのではないか？　考えたけれども答えは出なかった。

最初は、どうにかして元気を出そうと思い、それでも自分がいる、まだ若くて元気なおばあちゃんがいるんだから、と考えた。

しかし毅は十分に関わろうとせず、今にも壊れそうなひどく脆いもののように花を扱っていた。だが、彼女自身も似たようなものだった。数か月経つうち、いつも黙ったままで何を考えているかも分からないその生き物に対して、ぼんやりとした恐れを感じるようになっていた。

花はこれからずっと、あの特別な母を亡くした傷を抱えて生きていくのだろうか？

その高齢女性は子供部屋の扉の前に立ち、お散歩しないか、一緒にテレビを見ないかと声をかけたが、少女は首を横に振り、一人で折り紙を切って折ったり、絵本をめくったりすることに戻ってゆくのだった。その子が特に好きなのは、窓の外を電車が通り、住宅地に入って消えていくのを眺めることだった。

母の居場所だったところを、花は誰にも譲ろうとしなかった。

毅の母は、せめて明子の何にも縛られない根っからの明るさが、なんとか花に受け継がれていますようにと願っていた。

彼女は慰めとして、よく息子の話題に上る、新しく知り合ったというその人のことを考えた。その人について知っているのは携帯番号と、ＬＩＮＥアカウントの背景の、赤い衣装のバレリーナが宙に舞っている画像だけだった。彼らの間に何かがあったわけではなく、彼女が何か知っているわけでもなかったが、でもどうだろう、彼女はみずからを奮い立たせるために時々一人でつぶやいた。ひょっとすると、このとても美しいけれど傷物になったわたしたち家族を、立ち直らせるのはその人かもしれない。

仏壇の前で日課のお祈りをする時、彼女はその人の名前も言うようになった。

36

花と明子が一緒にするのが好きだった十と一つのこと

踏切の「カンカン」を数えていって、電車が通るといくつだったか分からなくなる。

エレベーターの奇数のボタンだけ全部押す。

「あっかんベー！　べろべろべー！」と言いながら、舌を出して変な顔をする。

森ビルに行って高い所から東京を眺め、「おうちはどこだ？」と代わりばんこに聞いては、適当にどこかを指差して返事とする。

電車ごっこをする（明子が鞄にぶら下げたつり革を花がつかんで、明子が言う。「シュッシュッポッポー、出発進行！」）。

桜の季節の明け方、観光客が来る前に、中目黒の川沿いを走って行ったり来たりする。

観光客がいるところでは、架空の言葉を話すふりをする。

「ぞうさんみたいにおなかいっぱい」と言う。

丼の頭線にのって永福町で降りて、ピザを食べる。

雨が降ったら口を開けて「わあおいしい！　シェフばんざい！」と言う。

食べ物屋さんや個人宅の脇にいる、たぬきの置物全部に道であいさつする。

カフェで違うケーキを三つ頼んでそれぞれ五切れに切る。五つめはどっちがとるか、じゃんけんで決める。

37

どう思う？　花のこと、ベルガーディアに連れて行ってみてもいいかな？

　まさにその晩、毅はメッセージでそう聞いた。

　ゆいの答えは、分からない、だった。といってもゆいの頭に浮かんだことは一つだけで、風の電話の仕組みや、行き方、ガーデンのこと、パパがどんな気持ちになるかということを、花にはあらかじめ伝えておいた方がいいのではないかということだった。つまり、一通りお話をしてあげるというわけだ。その上で、もし花が興味を示すようなら、次の日曜日に自分たちと一緒に来ないか誘う。ただし強制はしない。

　それで全部だった。毅はゆいの提案に乗った。

　その夜、毅は花に、寝る前のおとぎ話と一緒に、日本のイラストレーターがまさに鯨山をモデルにして作った絵本を読み聞かせた。

こうやってママと話すんだよ、花が元気か、パパは元気か、ママに教えてあげて。ママは近くにいて、ちゃんと花の話を聞いてくれるから。どうやって行くかって？　そうだなあ、すごく遠くて何時間もかかるけど、とてもきれいな景色が見られるよ。

「ねえ花、海にはさ、冬の海にはいくつ色があるか知ってる？」

同じ夜、ゆいは五年前の金曜日の夜を思い出していた。

娘がまだ二歳になる前、二人で電車にのっていたら大声を出し始めたものだから、ゆいは何とかして娘をなだめようとしていた。果たしてあの叫び声は嬉しさからだったのか、不満からだったのか、何か欲しいものがもらえないと言っていたのか（ビスケット？　携帯電話？）、それとも興奮していて、娘なりに自分の気持ちに従っていただけだったのか——今思い返してみても答えは出ない。いずれにしろ、その大きな声は車輛の壁を締めつけて、静まる気配もなかった。

その時、誰かが叫んだ。「うるさい！」静かに、静かにしろ。

ゆいが車輛を見渡すと、でっぷりと重そうなお腹を抱えた男が目に入った。男は長く伸びた白髪頭で、細いけれど幅広のメガネフレームが、両目の周りをぐるりと囲んでいた。良くも、悪くもない目だった。ただの目だ。

ゆいはそちらに向き直るより早く、本能的に「すみません！」と口に出した。前もって謝罪することには慣れていた。子供がいれば、頭を下げたり、許しを請うたりすることを性急に会得する必要があった。つまるところ、ほんの数語で済む話だ。

けれども、その時ゆいが本当に驚いたのは、そして今頭に浮かんでくるのは、そこにいた人全員、そして赤ん坊自身の反応だった。蜂蜜がねっとりと静かに垂れるような沈黙が車輛に満ち、全てが息をひそめていた。するとやがて、電車の奥のほう、白い頭髪の一部しか見えていない誰かが、やさしく「ぞうさん」を歌い始めた。

歌っているうちに、声に割れが生じて、それは笑い声に変わった。そして驚くべきことに、二番に入るとその歌に一人、また一人と別の声が加わっていった。ゆいの心は揺さぶられ、目の前にゾウが現れた。長い鼻、ごつごつした足、何もかも巨大な体の、ゾウさんだった。

ゆいと娘と、二人で突然、華やかなパーティーの真っただ中に落ちてきたみたいだった。そしてこの時はもう、車輛全体が一つになって歌っているようだった。

二人に静かにするよう求めた男は口をつぐんだ。妨害者を消してやろうとして、逆にほかの誰かに黙らされたのだった。

今、ナイトテーブルの上の照明を消したゆいは微笑んでいた。娘は本当に、たいした力を持った子だった――いや、子供はどの子もみんな例外なく、まるで奇跡のように思える作用を起こす力を持っているんだ。

38

その夜、毅が花に読み聞かせた絵本のオリジナル・タイトル
いもとようこ『かぜのでんわ』、東京、金の星社、二〇一四年

39

「一人で？」

あごが首の付け根に触れる。彼女は確かな意志をもって、うん、とうなずいた。

「でも、一人で？　本当に大丈夫？」

その質問は反芻（はんすう）され、父の声と眉を通じて、何度も繰り返し発された。父親は、何と答えるべきか迷う気持ちを表すように、眉をひそめたりゆるめたりした。

「やっぱり入口まで一緒に行くよ、なんなら受話器、取ってあげるから」

花は頑として動かなかった。地面にしゃがみ込み、父には決して捕まるまいとしていた。

父親も体をかがめたが、膝を曲げると、腰の辺りがふらつくのを感じた。彼は自問した。

ぼくが年を取ったら花はどうなる？　まだ老け込むわけにはいかない。少なくともあと二十年は。

目線を上にやると、ベルガーディアのガーデンの隅で、ゆいが鈴木さんに、いつものバナナのお菓子が入った黄色い袋を渡しているのが見えた。彼女が話しながらその男性に向かってお辞儀をしたり、笑いかけたりしていても、毅には、その視線の先にいるのは自分だという確信があった。

その時毅は、ゆいが自分たちと同じ家に帰ってきて、買い物のビニール袋をキッチンまで運んだり、花の洋服だんすを片付けたり、お正月飾りを一緒にしまうのを手伝ってくれたらいいのに、と強く願った。一緒に神社へ出かけて、健康と幸せに満ちた一年を神様にお願いする、そんなふうだったらいい。年を取ってちょっと耳が遠くなっても、そばにいてほしい。

嘘だろう、もうそんなに？　そんなところまで来てたのか？

もしかして花にも気づかれてるんじゃないか、慌てふためきながら毅は思った。子供は実に敏感だ。

それに、一人の女性に対する個の愛情と、娘も含まれた複数形の愛情とを、自分は本当に区別できているのだろうか？

毅の視線が自分に向かったままなのに気づいてゆいは振り向いたが、毅は気恥ずかしさから、すぐに視線を外した。毅は、髪がくしゃくしゃになっている花の頭を優しく撫でた。

「よし、分かった、じゃあこうしよう」花に言った。花は一人で行き、彼は外で待つ。

娘は自分を撫でる父親から離れた。電話ボックスを目指してちょこちょこと歩いていく。アーチに下げられたベルがチリンと鳴った。毅は息を飲んだ。どうなってるんだ？　まるで思春期の少年の頃に感じた動悸のようだった。

毅がゆいのところに着いたその時、鈴木さんが家の中に入り、花が電話の受話器を外した。黒く、落ち着いた佇まいのその受話器が、花の耳に被さった。

「まだあんなに小さいのに」

「年からすれば、そんなこともないよ」ゆいは優しく答えた。「ちょうどぴったり平均くらいじゃないかな」

「中身の話だけど」

二人は戸口の前にじっと立っていた。

「一人で行くってきかないんだ」

「うん、見てた」

「ここで話すのに、声はいらないよな」毅が聞いた。

「うん、全く必要ない」

毅が動いて見る角度を変えると、電話ボックスの中の花の唇が開き、その唇が開いたり閉じたり、それが何十回も繰り返される様子が見えた。

彼は、それ以上はっきりした感情に身をまかせることもできず、ただ石のように固まった。花の唇は、ただ空気中でぶつかり合っているだけなのか、それとも何か言葉を発しているのか。話している？　花が、話している？

「話してる」毅が声を上げた。そしてすかさず聞いた。「話してない？」

「話してるように見えるね、うん」ゆいは小さな声で言った。

「でも、必ずしもそうとも限らないか」

「うん、はっきりそうとは言い切れないけど」

「違う？」

「ここから見て言うのは難しいな。距離がありすぎる」

「でも、話してるんじゃないか？」毅は繰り返した。

「そう見えるね」

風が勢いよく巻き上がり、轟音を鳴らして木の葉をひとふさ吹き飛ばした。近所のガラス窓がばたんと音を立て、犬が吠え声を上げた。いくつもの音が連なる様子は、まるで霧が少女の心を守ろうと周囲に立ち込めていくようだった。

そう見せないようにしていても、ゆいは毅に負けないくらい興奮していた。本当は毅に抱きつきたい気持ちがしたけれど、彼女は自制した。

ゆいは花の体の輪郭にじっくりと目を走らせた。今の花が占める格子の数は、父親と比べれば半分より少し多いくらいだ。どの四角にも二つ以上の体の部分が入っている——たとえば肩全体と、腕の一部。もう十年もすれば、彼女は父に追いつくだろう。

40

六月、ベルガーディアの風に舞った言葉たち

「あの頃はきみのこと、今ほど愛せてなかった」

「雨ばっかりでさすがにうんざり」

「おばさん、今どこ？」

「もしもし、おじいちゃん？　そっちでは、どんな時間が流れてるの？」

「ロンドンで高層ビルの火事があって、七十一人亡くなったんだって」

「帰ってきてくれたら絶対、絶対……」

「俺のもの隠してるのってもしかして君？　最近全然ものが見つからないんだよ……」

「あなたの日記見つけちゃったんだけど、読んでもいいかな？」

「ママ、花だよ。わたしのこと、まだ覚えてる?」

「お父さん?」

41

奇跡は誰も待ち望んでいない時に起きるものだ。

ゆいはその朝、初めてその少女に会った。二年以上話に聞いていたその子が今、彼女の目を見つめ、手を握っていた。おとなしくて落ち着きがあって、いかにも完璧な六歳の女の子だった。もう数か月で小学生になる。

ゆいがクラクションを鳴らす代わりに車を脇に止め、降りて彼らのところへ向かうと、花はにっこり笑って小さくお辞儀をした。彼女が誰であるか、なぜ三人でここにいるか、その子は完璧に分かっているように見えた。

ゆいは普段にも増して注意深く運転し、バックミラーに何度も短い視線を投げては、この旅のために借りたチャイルドシートに座った花がくつろげているかどうか確認した。

チャイルドシートは運転席の後ろに設置し、毅がその隣に座っていた。

彼らはいつものように千葉のローソンで休憩をとり、花はジャンドゥーヤプリンと小さいペットボトルのミルクココアを買ってもらった。花はチョコレートに目がなかったので、海が視界に入ってきた頃、ゆいは後部座席に手を伸ばし、自分の板チョコをひとかけ花に渡した。何しろ、それはもうすっかりお馴染みの儀式だった。発作はあれ以来一度も起きていなかったが、チョコレートを買うことは続けていた。

「海を見ると唾が出るの、ただ単にわたしが食いしん坊になっただけだけど」ゆいは楽しそうに言った。「困ったなあ」

あのことを抜きにしても、チョコレートは食べたかった。彼女も大好きだったから。

「海の近くに住んだら、体重が百キロになっちゃうかも」

まるで彼女がそれまでもずっと彼ら親子と一緒に過ごしてきたかのように、花はすぐゆいに馴染んだ。彼女がゆいを気に入っているのが傍目にも分かった。

電話ボックスから出てきた少女が父の足元に駆け寄って膝にしがみつき、感極まる二人を二人だけにしようと、ゆいがその場を離れかけたその時だった。花本人がゆいの上着の裾をつかみ、袖を伝って、その先にある手を自分に引き寄せた。

ふさわしいタイミングだった。何か素晴らしいことが起きる時はいつもそうだ。

父親は、娘より先に準備ができていなければならなかった。ついに毅の準備が整った。

そして花にはそれが分かったようだった。

毅が腰をかがめて少女を抱きしめると、その子は父の首元に顔をうずめて不意に話し始め、ごく普通のことを口にした。子供らしい、年齢に見合ったことだけを。

彼女はお腹が空いていて、少し喉も渇いていた。そう、確かに強い風が吹いていたが、彼女がそれに遮られることはなかった。そこは、とても美しかった。

それからも花がおしゃべりになることはなかったものの、その日の帰りの車で彼女は、自分がどんなにチョコレートが好きかを話し、そのあと彼女とゆいは二人して、途中にあったコンビニで山のようにお菓子を買った。毅が楽しげに見守る中で、彼女たちはパッケージに「チョコ」と書かれたありとあらゆる製品を開け、ちゅうちゅう吸い、ざくざく噛み、かりかり音を立て、ぼろぼろこぼし、ぺろぺろなめた。

ゆいは、子供の頃に母がドーナツをいつも二つ買ってくれた話をした。一つは今食べるため、もう一つはいつ食べてもいい。まるで、幸せの終わりを子供にはどうしても教えたくないとでも言うようだった。

「ほら、食べ終わってももう一つあるよ、って言ってたなあ。でもそのあとはいつも、ドーナツがもう一個入るようなお腹の余裕なんてもう全然なくって、それでかわいそうなドーナツは戸棚の中で、誰も手をつけないまま古くなっちゃうの」

そこには、もっとお腹が空いていても、それほど空いていなくてもいい、そういうことが許される贅沢があった。

「どっちにしても、必ずもう一個あるってね」

　花はうっとりと口を開いた。

「ママもドーナツはたくさん買ってたな」毅が言った。「食べられる数よりずっとたくさん」

「もしかすると、わたしたちのお菓子への情熱はそこからきてるのかもね」ゆいが言った。

　まるで二つの記憶が何かの形でつながっていたかのように、ゆいは四月のある日を思い出した。口をいっぱいにした娘、伸びきった頬、あの子が初めて言った完全文——ケーキ、いっぱいほしい。あれはゆいの誕生日で、ろうそくを吹き消す儀式のために、少女は膝の上に移されていた。そわそわと落ち着かないその体が熱気を帯びているのが分かった。食いしん坊の指がホイップクリームに突入し、ケーキの横腹をえぐって、口に運んだ。

「あと何が残ってる？」ゆいは尋ね、コンビニの袋に目をやった。娘の思い出は自分のなかにしまっておくことにした。

「まだ食べるの？　どれだけ食べるつもり？」その夜毅は何度もそう繰り返した。彼自身は満腹を装っていたが、それは、ゆいと花がものを口に入れては歓声を上げるのをただ見ていたかったからだ。おいしい！　ああおいしい！　これが一番じゃない？　うんうん、すっごいサクサク。レンジでちょっとチンしたら最高かも。クリームつけたい！　そうだね、フレッシュなホイップクリーム！　あとシナモンも！　ココアパウダーは？　うん、ココアもいいね、確かに！

　毅には、ゆいが食べ物を説明するのに新しい表現を見つけ出す様子が面白かった。たかがシュークリーム一個に、やけに高級な喩えを編み出すテレビタレントさながらだった。何より心を打たれたのは、少女の澄みきった声だった。それは物や、ありふれた言葉の上にのり、それらを震わせて素晴らしい音を奏でた。まるでピアノの鍵盤の上の指みたいに。

42

ベルガーディアからの帰り道、ゆいと花がコンビニで買ったチョコレート菓子のリスト

ジャンドゥーヤプリン　ピスタチオクリームのせ
チョコ&バナナのクレープ包み
チョコクリームもち
丸ごと一粒アーモンドチョコ
砕いたアーモンドとヘーゼルナッツを散らした、小さな棒状のチョコ
チョコと抹茶のダブルクリームパン
ダイスチョコ入りソフトフランス
カカオ七十五%チョコレート　ポケットパック

箱入りキューブチョコ　塩キャラメル風味
ソフトクッキー　ココア味
二枚パックのチョコチップクッキー　一袋
缶入りミルクココア　×二個

43

彼らはそれからも一緒にベルガーディアに行った。花の年頃の子にとって、行きに七時間、帰りに七時間というのはあまりにも大変だったから、毎月訪ねはしなかったが、三人は土曜日か日曜日、あるいは土曜日と日曜日に都内で会い、映画館で映画を観たり、お花の形のパンケーキを食べに行ったり、代わるがわる——続けて五十回も——郊外の公園のすべり台に飛び込んだりした。

一緒に経験した多くのことのうち、一つ、記憶の中で最も長くこだまし続けたものがあった。八月の、花とゆいの夏休み中にあったお盆の伝統行事だ。お盆にはご先祖さまが帰ってくるから、亡くなった人々を自宅に迎えるための儀式をする。

「今年はちゃんとやります」毅はそう宣言していた。

風習に従い、ご先祖さまの魂が道に迷わずいち早く子孫の家にやって来られるように、門の外に提灯を下げた。花は熱心に作業し、なすときゅうりと爪楊枝で馬や牛を作った。〈馬にのって早く着くように、牛にのってゆっくり帰れるように〉。ゆいは母の料理本を引っ張り出してきて、餅をこね、小豆餡を煮ておはぎにし、毅は、自分の家とゆいの家、両方の仏壇のお供えにするお花と食材を捜してきた。

緑のとげとげのきゅうり馬の背中に、母と、一度も会ったことのない父方の祖父がのっているところを、花は一生懸命想像した。彼らの隣の馬にはゆいの母と娘がのり、同じ軽快な足取りで進んでくる。その行列があまりに生き生きと目に浮かんだものだから、花はそれを絵にした。ゆいにあげると、彼女はそれを台所の壁にセロハンテープで貼った。ゆいはその絵の前を通るたび、優しい気持ちになった。

八月十六日の夜、花とゆいは華やかな浴衣を着て海に行った。毅は病院での当直を終えてから、同僚に借りた浴衣と下駄をリュックに入れて、二人に合流した。毅が駅のトイレで大急ぎで着替え、それから三人揃って手をつなぎ、江の島と本土を結ぶ岬を目指して出発した。

花がその日知ったところによると、昔の人はあの世が海や川の向こう岸にあると考えていて、それで日本の多くの地域で、そのとても美しい儀式が行われているのだった。捧げ物やささやかな灯火を紙の小舟や灯籠にのせてそっと水面に浮かべ、そのまま沖まで行くように、流れに託すのだ。

大人二人と少女は、毅の妻の、そしてゆいの母と娘の名前を書いた灯籠の上に一緒にかがみ、没頭するように、その硬質な光のかたまりと、上の面に揺れる墨文字を見つめた。それから一斉に手を開き、それを海に放った。

「すごくいいことを思いついたね」毅が、一瞬ゆいの手を握ってささやいた。

彼らは島の方へ歩き出し、山の頂上にある神社へお参りに向かった。ゆいは弁天様に、花においしいお弁当を作ってあげられますように、とお願いした。彼女は料理となるとからきし才能がなかったからだ。毅はこんな日々が続くことを願い、花はゆらめく灯籠の影をただ夢中で見つめていた。そこから見ると、それらは水面にとまった蛍みたいに見えた。

その夜、ゆいは初めて彼らの家に泊まった。彼女は少女の隣で寝ることになった。

「寝るまでここにいて」少女はそう頼んできた。

「何か心配なことでもあるの？」

「ううん、なんにもない」花は答えた。朝のコーヒーがもう一杯飲みたいとか、冬にもう一枚毛布がほしいというのと同じ、ただそうしてほしいだけだった。

ゆいは自分も眠ってしまい、毅は彼女を寝かせておくことにした。起きた時には首をひどく寝違えていて、左頬に二本、くっきり線がついていた。でもそれだけの価値はあった。その時の朝食の思い出は、それから何か月も、温かいものとして彼女の心に残ることになった。

数日後、ゆいは書店で、世界中で考えられている天国や天上の王国がパステルカラーで描かれた絵本を見つけ、それを買った。そして花と一緒にいた時、つまり何をやってもうまくいかない一日を経て一緒にすき焼きを食べていた時に、彼女の手にその本をのせた。

ナイジェリアの伝承によれば、世界の根源には雄牛がいるという。アルタイ山脈のタタール人によればそれは三匹の魚であり、その魚たちが人間の悪事を戒めるために定期的に洪水を起こすといわれる。かたや、インドネシアのスマトラ島には、地上とその上に積み上がった七層の空を支える、龍のような大蛇がいる。その大蛇が体を動かすと地震が起きると考えられている。

「日本と同じだ！」花はすぐに叫んだ。

「うん、そうだね、日本と同じだね」花の言葉を繰り返しながらゆいは、尾と長いひげで災害を引き起こすとされるナマズに日本列島が支配されている浮世絵を思い浮かべた。

彼女たちは本を読んで笑った。人間は実に想像力豊かだ。

その夜、とりわけ骨の折れる当直のあとでそこに合流した毅は、ベネズエラのイェクアナ族の世界を格別気に入った。ソファに腰掛け、ビールと塩ゆでした枝豆を前に、彼は、その世界の原型が彼らの伝統的な家にあるとされるその可能性について、花やゆいと話し合った。つまり、その理屈でいくと、自分の家がある構造をもつなら、宇宙全体がそれと同じということになるはずではないか？　ということだった。

けれど、それ以上に彼らの印象に残ったのは、カナダのマニトバ地方に住むオジブワ族の伝承だった。語りの中心に夢があり、人間とそうでないものの関係を夢が教える。それは肉体に負荷をかけることなく、まだ見ぬ場所を探ることのできる方法なのだという。

「いい夢を見れば、長く、いい人生を送れる」あるおじいさんが孫に言っていた。そしてゆいは、初めの頃に毅と交わした会話を思い出した。

「わたしは毎晩娘がお腹にできて、あなたは花に人生の指針を教えてて。覚えてる？」

「もちろん。二人して頭がおかしいみたいだった」

「でもさ、本当はあなたは花の守り神で、ただ全然それに気づいてなかったのね」その夜、ゆいは、別れ際に玄関で笑いながら毅にそう告げることになる。

彼らはそれからも定期的にその本のページを繰り、そのたびオジブワ族の世界に戻った。その箇所は花の一番のお気に入りだったが、それは夢の話があるからではなくて、死んだ人はおばけの世界に行き、そこでは食べるために狩りをしなくてもよいから（ここでもそうだが）、そして何より冬がないからだった。彼女の母はかなりの寒がりで、家の中が冷える、とにかく冷えるのはよくないとつねに文句を言っていたのを花はおぼろげに覚えていて、それで彼女は、ひどく蒸して不愉快な東京の夏でもまだそれなりに耐えられたが、寒さは全身で憎んでいたのだった（ただし夏になれば、とにかく暑いのはよくないと文句を言った）。その場所なら母は、分厚いウールの靴下を履いたり、お腹にカイロを貼って歩き回ったりしなくてもいいのだと思うと、花はそれがすごく気に入った。

門を抜けて道路に出た時だった。母と娘が生きていた頃、見た夢をみんなで教え合った記憶がゆいの脳裏に甦った。

どうして忘れていられたんだろう？

ゆいはおしゃべりではなかったが、目覚めてすぐに、見た夢の話をするのが好きだった。最初は子供の頃、母に。大人になってからは、娘に。本当は何もないのに、何か意図があるかのように勿体（もったい）ぶる癖もあった。

お味噌汁やスープをかき混ぜながら口に出して言うのだった。その晩何が起こったか、誰と、何について話し合ったか、どんな場所を見たか、誰に（声に出して言えるなら）恋をしていたか。それがあたかもごはんを炊いたりパンを切ったりするのに必要な行為であるかのように、まるで朝食に欠かせない何かであるかのようにそうしていた。だから、ゆいの明るい声のなかで嬉しそうに抱っこされていた娘は、母の夢の味がついた焼き魚やヨーグルトに慣れ親しんでいた。

電車に乗って、空席だらけの車輛にもかかわらず扉の窓の側に立ったゆいは今、溶岩のようなキャンバスに東京の街がくっきりと浮かび上がる様子を眺めていた。そうしながら、娘が自分の言葉の贈り物に、お返しをし始めた日のことも思い出した。

あの子はあの時、なんと素晴らしい夢を作ってくれたか。彼女はその小さな命のパーツを手あたりしだい、本能的に、気持ちのままに組み合わせていた。洋服とお花がゾウとライオンの畑で爆発し、こわいことが起きて、恐竜が出てきて、禁止される。最後にくる〈禁止〉の部分では、彼女自身が繰り返し言われていた言葉が、そっくりそのまま繰り返された。

ゆいは、その日を境にすっかり夢の交換会のようになったのを思い出した。というのは母も、朝早く二人に会いに家に来た日は、そのゲームに加わるのが好きだったからだ。彼女は台所に入ってきては、楽しいのは親ゆずりねと言ったものだ。

その夜ゆいは、自宅の濃密な静けさに足を踏み入れる時、思い出はさながら物のようだと考えた。津波から一年を経て、太平洋の対岸から三千マイルを隔てたアラスカの海岸に漂着した、あのサッカーボールのようなもの。

遅かれ早かれ、水面に浮かび上がってくるのだ。

44

ゆいが花に贈った、天国を描いた絵本のオリジナル・タイトル

Guillaume Duprat, L'Autre monde. Une histoire illustrée de l'au-delà, Paris, Le Seuil, 2016.

（ギヨーム・デュプラ『もう一つの世界　あの世の絵物語』パリ、ル・ソイユ社、二〇一六年）

45

花のもとに通うことは、ゆいにとって最大の試練だった。娘を、娘が送ったはずの人生を、毅の娘に投影すること。その行為が、ゆい自身も意図しないのにいやというほど繰り返された。物事を切り離して考えられるようになるまで、そして何より、毎回そんなふうになってしまう自分に罪悪感を感じずにいられるようになるまで、それなりの時間がかかった。花は花なりに同じ悩みを抱えているのだろうと考えることで、時折襲ってくる不安を和らげた。

けれど何度会っても、待ち合わせの直前になると、ある考えが浮かんでゆいの気持ちを台無しにするのだった。その子を抱きあげて頭にキスをしても何も感じない自分が目に浮かぶ。何一つ感じない。その子はかわいくて愛らしい、でもそれだけの、どこにでもいる女の子だ。道端ですれちがう幾人もの、知らない子たちと同じ。

ゆいは考えた。〈どうしよう、本当はあの子を愛する覚悟なんてできていないとしたら？〉

そしてみずからを責めた。〈何も感じないまま、ぼろぼろになって終わるんだ〉

それでも、いつか幼児教育の本でこんな一文、いや、確か一文にも満たない一節を読んだことがあった。そこには（衝撃を受けたからはっきり覚えていたのだが）、子供を尊重し、よりよく愛するには、距離が必要だと書いてあった。つまり、子供との間に距離があることは悪いことではない。むしろ距離がない方がよほど、最も純粋な感情、つまり自然で本能的な愛情にとっては有害なのであり、そうした状態が求められるのは、子供の過ちや感情の爆発を認めてやる時に限られる。

そうだ——ゆいはそれを読んでこう考えたことを思い出した——愛は危険なもの。そして、自分にとってのつらいことを許すためにも、しばしば必要なもの。

花の誕生日、毅は小さな夕食会を企画した。午後は揃ってスーパーで買い物をして、帰りがけに神社に出かけた。夜のメニューは花が決めた。かきフライと、ポテトサラダと、コーンスープと、魔女のキキと猫のジジが描いてあるケーキ。

毅よりも勘の鋭いゆいは、花のこだわりは特に猫のほうにあると見抜き、少女の願いをそっと彼に伝えた。果たしてそのお願いが叶(かな)うかどうか、それは父に委ねられることとなった。

十一月、神社には華やかな色の着物をまとった子供たちが群れをなしていた。女の子なら三歳と七歳、男の子なら五歳の年のお祝いをする行事、七五三だ。

「三歳のお祝いできなかったの、さみしい？」石段を上りながら、毅は娘に聞いた。手に持ったスーパーの袋がお年寄りにぶつかったものの、その人は自分の孫に夢中でちっとも気がつかなかった。

「ううん、でも七歳になる時は絶対やる」花はすかさず答えた。花は、もう過ぎたことや、しなかったことの話は好きではなかった。

「絵馬を買って結ぼうよ、どうかな？」花の父は素早く話題を変えた。

社務所の呼び鈴を鳴らす必要はなかった。凍える風が吹いていたが、たえず人の往来があったので、窓口の巫女（みこ）さんは障子を開けたままにしていた。毅は絵馬を一枚注文した。小さな木の板には、紅葉に囲まれた鳥居の前に、お祝いの服装の子供が三人並んだ絵が刷ってある。花が、つい先ほど父から渡された金色の小銭を差し出した。三人は社務所の脇によけた。

「じゃあ、何を書こうか？」毅はにっこり笑って聞いた。「花のお願いごとだ、今日は花の日だから、花が決めるんだよ」

「家族みんな、ずっと幸せで元気でいれますように」花は決まった呪文でも唱えるようにそう答えた。毅は異議を唱えなかった。スーパーの袋を地面の平らなところに置き、巫女さんが貸してくれたマーカーのキャップを外した。それから、花が来年学校で習う予定の漢字を一画一画書き進めた。

『かぞく』ってどこに書いてあるの？」少女はすぐ近くから絵馬を見つめて聞いた。

毅が「家」「族」の二文字を指差すと、花は「家族」の上に指先を置いた。

「かぞく？」その言葉の定義を待つかのように、花はもう一度聞いた。「パパ、ママ、おばあちゃん、花？」

「そうだね」毅は、崩れかかっていたスーパーの袋を立て直しながら、ぼんやりと答えた。

「じゃあ、ゆいさんは？」

不意にそう言われ、父はまごついた。

青い着物の男の子がすっかり興奮して、彼らの背後を走って拝殿の前の空間に出た。両親も、息子に負けず劣らず気持ちが高ぶっていて、こんもりとした紫陽花の茂みと石灯籠の間を駆け抜けていくその子を、したいようにさせていた。

「パパは、ゆいさんが家族のことを考える時、わたしたちのことも考えると思う？」

「どうだろうね……」毅は答えた。「でもそうだったらいいね、そう思うだろ？」

うなずいた花が、続いて顔を曇らせるのが見えた。毅の脳裏には、生まれて間もない花が、ずっと不機嫌そうにしていた顔が蘇った。妻が、あなたが抱っこしてと娘を彼に渡すと、子供は彼を入念に観察するような素振りで、彼に抱かれてもいいか、それとも思いきり泣き出した方がいいか、決めかねているようだった。

「どうしたの？　嬉しくないの？」

花は黙ったまま、ふたたび木目の上に書かれた漢字を見つめた。絵馬を人差し指でとんとんとたたきながら、文字がなす線に沿って上から下へ、二つの短い文を左から右になぞると、彼女の名前で終わった。

「でもあの子、すごくかわいかった」ぽつりと言った。

「ゆいの娘さんのこと？」

花は、ゆいの家でその子の写真を見たことがあった。その子が巨大なアイスクリームをなめながら転びそうになっている写真、その子がおばあちゃんに抱っこされてブランコにのっている写真、その子が大きく口を開けて泣いている写真、その子が目を閉じて眠っている写真。それらの写真は全部まとめて、ゆいの枕元に置かれた一枚の額縁に入っていた。

「花、それはゆいの娘さんのこと？」毅は繰り返した。

あごは首元にくっつき、父と目を合わせないよう視線は下に落ちていた。

「花だってすごくかわいいよ！」

実際そうだった。毅はいつもそう思っていた。客観的に見ても正しい評価だと自負してさえいた。花は賢そうな切れ長の目をしていて、輪郭は母親ゆずりの、浮世絵のような細面だった。それからほっそりとした手に、完璧な肌。思慮のある、豊かな表情。とても美しい、そう、それ以外何と形容できるだろうか？

　先ほど走り回って家族に追いかけられていた子供は今、緩んだ帯を締め直そうとする母親に押さえられて金切り声を上げていた。もう少し奥のほうでは、誰かが大声で繰り返し指示を出しているのが聞こえる。写真屋が、境内で一番赤い紅葉の下で緊張してこわばっている一家を、どうにか笑顔にしようとむなしく奮闘していた。

　毅は必死に娘の気持ちに集中しようとした。きっと、自分では不足だと感じているのだろう。それは彼が自分自身に対してつねに感じてきたことと全く同じだった。

「花はお片付けも全然できないし」花は、負けを認めた声でそう言った。

「好きな気持ちは、どれくらいかわいいかとか片付けが上手かってこととは、全然関係がないよ」毅は声を上げた。答えを焦るあまり、怒ったような声になった。

　花は黙り込み、たくさんの家族が華やかにしている空白地帯に力なく目を向けた。子供を見守ってもらえるように神様に祈りを捧げる七五三のお祝いは賑（にぎ）やかだった。七歳になるまでは神道の祝福の言葉を唱えてもらい、神様の手の中で守られるのだ。

　毅は膝をついてしゃがみ、花と視線を合わせた。

「花、愛することとは、きれいとか上手とかいうこととは関係がないんだよ、パパを信じて」

少女は黙ったまま、絵馬の縁をいじっていた。それから、力のない声を出して尋ねた。

「本当に関係ないの？」

「全くないよ。じゃなかったら、それはすごく弱いものだってことになる、そうでしょ？」

花はそれ以上何も言わなかったが、父に頭を撫でてもらい、撫でさせたことが彼女なりの返事だったように思われた。そのあと、重くなりかけた話から解放されたいというように、絵馬を手にとり、それを結べる金属の棒を目で探した。

ちょうどいい所を見つけるやいなや、花は絵馬を握りしめ、神殿のほうへ駆け出した。そこではいくつもの家族が、夕暮れに見かける鳥の群れのように、広がったり集まったりしていた。

「ここは？」小さな木の屋根の下に何十個も掛けられた絵馬を指差し、彼女は聞いた。

毅は笑った。「いいよ、そこに結んで」

毅とゆいは遠くにいたから、その声は花に届かなかった。だから彼はよく見えるように大きくうなずき、指でＯＫの印を作った。

それから買い物袋を取り上げ、その子のところへ急いだ。

その夜のことだった。六本のキャンドルを吹き消し、ケーキをたっぷり半分むさぼったあと、花を寝かしつける時にゆいは、花にそのプレゼントを選んだ理由を説明した。それは木製の白い額縁で、たくさんの葉が流れるような飾りが縁についていた。

ゆいは花に額縁男の話をした。とはいえ、最も暗い調子のところは省いた。花も、ゆいがそんなふうに話した意図を理解した。

本当のところ、世界は全部、四角い枠や大きい窓に小さい窓、穴、直線の切り抜きで区切られている。

「わたしはね、そういうものの中に閉じ込められると、世界のことがもっとよく分かるんだと思うの」

もうベッドに横になっていた花は、額縁を顔の高さに持ち、それを通して部屋の天井をじっくりと眺めた。その晩父から贈られたプロジェクターが映し出す何百もの星が広がっていた。それから花は額縁を下にさげ、ゆいの顔を見つめた。

「世界で一番大きいものだって、とっても小さな部分に切り取れる」手を伸ばし、少女の頬を撫でてつぶやいた。「一番大きな問題だって。何だって全部、額縁の中に入れることができるの」

46

その夜、毅が国語辞典『広辞苑』（第五版）で引いた「家族」の定義

か－ぞく【家族】
夫婦の配偶関係や親子・兄弟などの血縁関係によって結ばれた親族関係を基礎にして成立する小集団。社会構成の基本単位。
→家。

47

ゆいと毅は、物事を行うのに――どんなことにも――かなりの時間をかけた。子供は人生についてほとんど何も知らないこと、だから子供たちには、ゆっくりと時間をかけて与えてやる必要があることを二人とも心得ていた。それはまるで陶酔状態のようだったので、彼らは新しいことに軽々と飛びつくことができた。

次の一月のとある日曜日の朝、区の保健所に予約をとった二人は、花に小さなペットケージを届けた。

少女は何週間も前から興奮していた。誕生日当日には何と呼んだらいいか分からなかったものは、膨らんでゆくばかりだった。彼ら、風変わりな家族は、まるで家庭菜園の土に偶然こぼれ落ちた、ひと粒の奇跡の豆から生まれたようだった。

花は、プリーツのワンピースと、魔女のキキのリュックで行くと言った。帰ってきた時に出迎えてもらえるように、おばあちゃんにはお出かけしないように頼んだ。

花とゆいと毅は三人で出発した。保健所では簡素な椅子に座って、長く理路整然たるお話を根気よく聞いた。動物を引き取る前には講習を受けなければならなかった。ゆいは細かくメモをとり、猫に多い病気の罹患率について、不妊手術について、一緒に気持ちよく暮らすために行うべき日々の習慣について、情報を注意深く書き写していった。一つも聞き逃したくはなかった。

花は、全部のお話についていくのに苦労した。複雑な図、チャート、円グラフ、獣医さんが使う難解な専門用語に、頭の中は混乱していた。けれども、彼女が緊張してきたのに気づくと花の父が肩に手を回してくれて、すると彼女は視線を前に戻し、眩しく光るホワイトボードと獣医さんの白衣をまた見つめるのだった。花は、眉間にしわを寄せたそのまなざしの中に、自分にできる努力と注意力を全部込めようとしていた。

講習が済むと三人は別の部屋に案内された。大型のケージの中に子猫が三匹うずくまっていた。年齢も毛色も違うこの猫たちは、紆余曲折の末にここへたどり着いた。花は、三匹のうち二匹は置いていかなければならないと思ったらすっかり参ってしまい、父を頼ることにした。

選択は早かった。黒い毛並みにレモンイエローの目をした小さな雌猫は、虎にはちっとも似ていなかったけれど、トラ、という名前になった。縮こまっておとなしくしていたその猫は、抵抗することもなくペットキャリーに入れられた。

当たり前だけど、お世話の仕方を花に教えてあげなきゃね。動物を飼うのは、大切な共同生活の経験になるね。その小さな骨を集めただけのような生き物を見た時、花の祖母はゆいと毅に耳打ちした。でも、さすがに弱りすぎていないかしら？　死んでしまったらどうするの？　また新しいトラウマになるんじゃない？

毅には自信があった。獣医さんによるとその猫は、長い放浪生活を切り抜けてきた有能な子だという話だった。そうとう頑固な性格だから、そんなにあっさり死んでしまったりしないそうだ。

もちろん、彼らのうちの誰一人として猫を飼った経験がない、という事実は依然としてあった。子供の頃ペットと暮らしたことがあるのはゆいだけだった。からし色の、尾のないウェルシュ・コーギーで、ヨーロッパに引っ越してしまうご近所さんから、ゆいの母親がもらい受けた犬だった。十年一緒に暮らしてすっかり心を奪われたゆいにとって、その犬は何より大切なものになった。犬が病気にかかった時は、自分も一緒に死にゆくような気がしたものだ。

けれど、猫のことは何も分からなかった。というより、巷（ちまた）で言われているように、犬好きの人間は猫が好きになれないし、逆もまた然りという気がしていた。スポーツチームの熱狂的なサポーターたちよりもっとたちの悪い話である。それでゆいは、何か新しいことに巡り合った時いつもそうしてきたように、今回も主題に関する本をどっさり買い込んで、勉強にかかった。通勤の地下鉄の車内で、ラジオ放送のCM中に、ゆいはひたすらそれらを読んだ。彼女のデスクに猫関係の本が日ごとにうずたかく積まれてゆくのを面白がって、同僚たちはニャンニャンと鳴きまねをした。

「わたしの猫でもないのに、どうかと思いますけど！」ゆいは自嘲気味に言うのだった。

書店のレジでブックカバーを掛けるかどうか聞かれると、普段のゆいは、いいえ、要りませんと答えていた。読んでいる本のタイトルを人に知られたところで、それが何だというのだろう。ゆいは、自分が選んだ本を周囲の人に平凡とみられても一向に構わなかった。その手のプライバシーは気にしていないのだった。

しかしながら、子供たちを小学校に送り込み、学校生活を最善の形で始められるように手助けするという指南書を購入した時は、書店員の動きにさえ先んじた。「ブックカバー、掛けてもらえますか」書店員の女性がバーコード登録を完了するよりも早く、ゆいはそう頼んだ。

その専門家は、章から章へと移っては、様々な書き方で繰り返し同じ見解を唱えていた。それまでの人生との間に断絶があってはならない、だがしかし、革命を実現する必要がある――カ、ク、メ、イ――「革命」！　どうしよう、そんなこと、誰にやり方が分かるというのだろう？　クーデター、地面に倒れる独裁者の像、石の投げ合い、道を闊歩する軍隊――その言葉は、ゆいの脳内に恐ろしいことだけを浮かび上がらせた。

その冬、そして春の初めは、言葉に満ちた、何もかもが急増した時期だった。

彼女と毅は、何とかしてこの懸念を払拭できないかと思いながら、それについて長いこと話し合った。一月から四月まで、彼らはそのことしか話さなかった。その話をするのは大抵夕食後、花がもう寝てしまって、子供部屋の天井にプロジェクターが映し出す星が揺らめいている頃合だった。そういう時、彼らは食卓を仕切り直し、熱いハーブティーか紅茶を淹れて座った。毅は、ティーバッグを揺らしながら、頭に浮かんでくる問題や、もう大きい子供のいる病院の同僚たちからの助言を口にした。ゆいは、蜂蜜をたっぷりすくったティースプーンを回しながら、参考書で読んだ（この間、本は三冊に増えていた）内容から、二人ともが迷っていた事柄についての解決法を彼に伝えた。

「たとえば、何を着て行かせるか。体育着はいかに何年もきれいに保って、傷まないようにできるか。それから、ランドセルにつける付属アイテム。今の子が装備しないといけないものは山ほどあるんだから」

「そんなに？」毅は驚いた顔で言った。

「それから通学路も細かく調べて、新学期が始まる前に何回か下見しておかないとね。一番いいのは、途中同じルートで行ける子を見つけておくことなんだけど。たぶん小さいママ友会みたいなものがあって、地域の危ない場所で見守り活動をしてるはず、この分かれ道は渡っていいとか、曲がらないとだめとか」

「ぼくにできるといいんだけど」

「まさか、わたしたちより詳しい人にお願いすればいいのよ」

そして初めての学校の日が来ると、花でなくゆいが、興奮で夜を明かした。「革命だ、革命を起こす」、その表現が最後まで彼女を責め立てた。

毅は、彼女にメッセージを送るのはやめておいた。だが彼も、冬から春にかけての長大な会議ではあえて持ち出さなかった唯一のことで思い悩み、朝まで眠れなかった。つまり、娘の事情を先生たちにどう明かすか——妻が他界していること、そして何よりも、娘が二年間一言も口をきかなかったということ。

無言、ですか？　はい、無言です。完全に？　はい、完全に。こんな具合だ。

48

ブックカバーはどれにするか、書店員に聞かれたゆいの選択

a）黄色地に赤い花と小ぶりな葉のデザイン
b）ネイビー、ダークグリーン、レッドから選べる無地
c）パステルカラーで、ネクタイをしめたキリンと、傘をもってゴム長靴をはいたゾウのイラストのもの

正解はb）。

「ネイビー、ダークグリーン、レッドがございます」書店員が聞いた。

「レッドで」ゆいは迷わず答えた。

49

その朝七時に目覚まし時計が鳴り、七時半には約束通り、ゆいは門の前にいた。目元のくまは化粧を厚く重ねて隠し、頬と唇には少し色をさして元気そうな感じにしてあった。玄関を開けに行った毅にはその時のゆいがとびきり魅力的に見えて、彼は、抑えた不自然な笑顔を彼女に向けた。

だがゆいはそんなことには気がつかず、早口で「おはよう！」と叫ぶと、着替えを手伝うために花の部屋へ飛んで行った。

その日の服装は何週間も前からもう決まっていた。紺色の布地の膝下丈ワンピースに、紐とボタンの付いた革靴、髪は細い縞（しま）の入った小さめのリボンのヘアゴムで、首の後ろで結ぶ。

緊張を和らげるためだろう、二人はあれこれ別の案も考えて楽しんだ。〈魔法使いの服

で、ほうきにまたがって教室に登場するのは？〉

〈夏のゆかたはどう、それで、盆踊りのステップを踏んでみたりとか！〉

クラスメイトたちは一体どんな顔をしただろう！

トラが、そんな二人をベッドの下からこっそり見ていた。

一方、毅の母はずっと台所にいて、朝食を配膳しては元に戻し、もう乾いた食器を拭き、半信半疑の面持ちで「もう学校なのねえ、六歳か、小学一年生だなんて！」そう繰り返していた。そわそわした彼女はそのあと息子の方へ向かい、その驚くべき大勝利を称えるかのように、握手したり、肩を触ったりした。おしまいには「トラ！　トラ！」と声をかけ、すぐさま駆けつけた猫に、もう何度目か分からない一口を差し出した。もうすっかり体重も増え、毛並みはいまや分厚くつやつやだったというのに、いまだに彼女にはその猫がやせこけた姿に見えていた。「この子にごはんやってる？　ちゃんとやってるかって聞いてるのよ？」

「あげてるに決まってるだろう！　母さん、頼むから甘やかさないでくれ、肥満になっちゃうよ」毅が注意した。母は息子の声にひそむ不安に気がついたので（もう学校なのね、六歳か、小学一年生だなんて！）、言い返さなかった。

彼らは食卓についたが、胸がいっぱいで胃にものが入らなかった。花がリクエストした朝食は、バナナのスペシャル・エクレアだった。その厳かな瞬間を強調する意味もあったし、それが彼らの中ではもはや定番になっていたからでもあった。全員、夜には仏壇に向かい、明子にその大切な一日のことを詳しく報告しようと心に決めていた。

「今日は革命が始まるんだ」家の鍵を閉め、ランドセルを背負った少女がもう祖母に手をひかれて階段を下りている時、ゆいは毅にそうささやいた。毅が自分より緊張しているのを見たおかげで、彼女はことを大げさに捉えずに済んだ。こうして唐突にその言葉を繰り返すことには、何か月も苦しめられてきたそのモットーから解放される効果があった。

「革命か、本当にそうだね」ところが毅はその言葉をあまりに真に受けたものだから、ゆいは大笑いした。

その道の途中で初めて毅はゆいに、先生たちにどう伝えればいいか困っていることを、ひそかにほのめかした。娘はとても繊細だからと。

「繊細だからって弱いわけじゃない。むしろ、花が話すのを待った方がいいよ、自分から、自然な形で話すまでね。他の子たちと同じように」ゆいは助言した。

家と学校を隔てる三本の小道のうちの最初の一本を渡った。孫娘はその前の日曜日に描いた地図を、自信をもって祖母に見せていた。

「自分のしたいやり方で話すようにしてあげて。ベルガーディアに行ってからは、ずっと普通に話してるじゃない？」ゆいは勇気づけるように付け加えた。

ベルガーディアでの奇跡のような一日から数週間はずっと、毅は花がまた話さなくなる恐怖とともに目を覚ますようになっていた。台所に入っても、不安からわざとあいさつするのを遅らせていた。今思い出すと笑ってしまうけれど、二日目は娘の存在が見えていないふりまでしたのだった。自分が何か一つでも間違えば、魔法が解けて、彼女が無言に戻ってしまうのではないかと恐れていた。けれど花は異議を唱えることもなく、まさしく期待されたとおりに振る舞った。

「みんなが知り合うのは今の花なんだから。昔の花じゃない」ゆいは最後にそう言うと人差し指で口に封をしてみせ、それとほぼ同時に彼らは花に追いついた。

花の全体の輪郭は、ゆいに二歳だった時の娘の姿をありありと思い起こさせた。祖母にもらったペンギンの形の子供用リュックに腕を通し、初めてそれを背負った時のまばゆい表情。無理だというのに自分の肩を見ようと室内でぐるぐる回って、自分のしっぽをくわえようとする子犬みたいになった姿。

ゆいは毅の方を向き、繰り返した。「落ち着いてね」そして彼に励ましの微笑みを向けた。

お祝いの飾りつけがなされた校門を前に、風がそよぐごとに花をひとふさ放す桜の木の、桃色の雲の下で、毅はゆいが正しいことを悟った。

50

花が描いた、家から学校までの道のりの絵

51

花にとってそれは本当に、革命、だった。初登校の日から、そしてふたたび話し始めたあの日から、花の人生は何も変わっていないのに、何もかも変わったからだ。

額縁？　そうだ、たぶん変わってきたのは額縁だった。ゆいがいることが増えてきていた。ゆいは花の宿題を手伝うとか、病院の当直で身動きが取れないパパを心配させないようにとか言っていたが、実を言うと、単にゆい自身がうれしくてそうしているのだった。そして花もゆいに、手を伸ばせば届くところにいてほしがった。いつもどこでも一緒というのではなくて、パパやおばあちゃんと同じであってほしかったのだ。

ところがこの二番目に挙げられた人物が、初めこそ心から喜んでくれたものの、しだいに嫉妬に駆られるようになった。母をよく知る毅はすぐそれに気づき、彼女を昼食に招く回数を増やした。「ちょっとうちに寄って行ったら？」日曜の朝や、早く帰宅できた平日の午後に電話をかけて、一緒に駅の隣の売店で売っているどら焼きやクレープを食べに出かけた。

　重要なのは、母がゆいに対抗心を燃やさないことだった。その年の人間を叱責するなんて論外だったけれど、意地っ張りだから、気づかせようとすれば逆に反応して爆発するだろう——あたしが？　やきもち？　なんであたしがやきもちなんか？　もしかしてあんた、花はあたしよりあの人がいいと思ってるの？　それとも何、あんたがもうあたしのこと必要ないっていうの？

　いや、だめだ。それは絶対に避けなければならなかった。

　頻繁な誘いと、さらなるちょっとした気遣い（彼女の好きな豆腐のキャラクターの、腰を支えるクッション）が功を奏して、ようやく彼女の気持ちは和らいだ。床につく前や眠れない時に、彼女が仏壇に向かって亡くなった夫と長く話し込み、その女性について詳しく語っていることがあった。あんなに痩せていてどうして立っていられるのだろう、いい帽子をかぶっているおかげで洗練されて見えるけれど、靴の趣味がちょっと変で、運動靴ばかり履いていて、ヒールのある靴は一つも持ってないみたい。だけど自分には丁寧だし、何より、孫娘を喜ばせることができる。

「あの人しょっちゅう黙り込んじゃうのよねえ、まだそこにいるのかどうか怪しいくらい、もうずうっと黙ったままっていう時もあったりして」仏壇をふきんで拭きながら彼女は言った。「でもそれから突然話し出すの、本当に毎回びっくりするようなタイミングで。そうすると今度はね、毅と花のほうがぴたっと止まって、じっくり話を聞こうとするのよ、じっと集中して、一言も聞き逃さないようにして。毅はほら、あたしたちが話しててもぼんやりしてるじゃない？　それがそういう時にはまるで子供の頃に戻ったみたい、昔、お台所のテーブルで宿題やってた時と同じよ。あなた覚えてる？　すっかり没頭しちゃって、呼んでもちっとも気づかないの」

毅の母には、そんな彼女がラジオではきびきびした声に変わるという話がなかなか腑に落ちなかった。それで一度好奇心から番組を聞いてみたところ、彼女は開いた口がふさがらなかった。どう考えても別人としか思えなかった。

毅の母がそのことを夫にどう話すか考えている間、ゆいは鳩のように巣作りに励んでいた。自宅の部屋を整えて、一角に花のためのスペースを作り、自分が学校に迎えに行った日は、少女がそこで宿題をしたり遊んだりできるようにしたのだ。花はマイクに向かって話すことに魅力を感じていたから、時々ラジオ局にも一緒に連れて行った。自分の声を遥か遠く離れた場所まで伝えられること。聞くという不思議な能力だけでつながった、何万もの見知らぬ人に声を届けられること。それは花には魔法のように思えた。

「風の電話と同じだね」ある日花はスタジオに入る前、ゆいが髪を結ってやっている時にそうつぶやいた。少しも音を立てないという約束で、ゆいの隣に座ってもいいことになったのだ。

「ゆいさんは誰かに話してるけど、誰が聞いてるかは知らない。でもその人たちのお家に届いて、幸せにしてくれるんだもん」

「幸せかは分からないよ。でも、間違いなく、一緒にいるような気持ちになってくれてるよね」

「それって同じじゃない？」

鏡越しに少女の細い三つ編みの具合を検討しながら、ゆいは感動していた。

報せが届いたのは、そんな魔法にかけられたような空気の中でのことだった。鈴木さんが病気になり、当面、風の電話に自由に出入りすることができなくなった。今後はメールかＦＡＸを送って予約する必要があり、その日に都合のつくボランティアの人が出迎えを担当するという。

それから数日後、さらに報せが入った。まもなく強烈な台風が鯨山を直撃する、と。

52

毅の母がゆいの声を聞くためにつけて聞いた、ラジオ番組からの抜粋

――わたしたちが、成長という考え方を取り入れてきたそのやり方ですね、この成長というのは、企業の成長もありますし、個人の、個人的なものについても言えますけれど、その方法というのは何か、何と言いますか、未来に対してつねに現在を、より少数派の状態に限定するものということなのです、未来はよりよくなっているはずだ、未来においてはより多くの資源や、手段や、道具を得ているはずだ、と、そういうことですから……。とはいえこういったモデルは、しかしながら、ご参加のリスナーの、静岡県の松本さんのご意見ですと、それこそ資本主義の最も純粋な形式がこれに当たるということでしたけれども、こうしたモデルはいまや、持続可能とはおよそ言いがたいものです。我々はこの問題

にどのように答えていけばよいでしょうか？　先生、お答えをいただけますか？

――（専門家の解答［佐藤某教授］）

――津村先生、核心に迫りつつあります、何しろこれは学術的な水準においてもこれまで何十年と議論されてきた事柄です、ですから、（せりふを言うように、声を整えて）市場は技術革新と政治的条件によって自己修正するものであると、先ほど佐藤先生がそのようにおっしゃいましたが……その上でさらに議論することが必要なのではないでしょうか、何をもってそういった政治的条件とするのか、あるいは何をもって……ですが一般的に、わたしたちが体現している資本主義モデルには、アジェンダ二〇三〇の目標を達成するに足るだけの資源が内包されていますよね、あるいは、先生の……先生方のお考えでは、パラダイムシフトが望まれる、ということでしょうか？

II

1

鯨山はめちゃくちゃだった。鯨の伝説の残るその山は、台風にさらされ、暴風で転覆させられていた。それはまるで大きな鯨が、すぐ下で恐怖の荒波をかき立てる海に帰りたがっているかのようだった。マッコウクジラが世界に立ち向かい、巨大な唸(うな)り声を上げながらそれを要求している。

ゆいの目にはベルガーディアの庭園が上下して見えた。

あと一歩進んだら、もう引き返せなくなると思った。

空が壊れてばらばらに落ちてくる中、ゆいは両腕を広げた。それは本能的な、常識を超えた行動だった。その瞬間、まるでこの何年もの間にベルガーディアに運ばれた全ての声が旋風となって巻き上がり、彼女を包み込んだようになった。それは渦を巻き、輪になって彼女の腕や脚の周りを勢いよく回った。

ゆいにはそれが子供の腰を打ちつけるフラフープのようにも見えた。他界した両親、失った子供、歴史の中に消えていった祖先、姿の見えない友。何年もの間に風の電話の呼び出しを受けてきた声たちが、その場所、彼らを最初に呼び出したその場所に帰ってきたのだ。

ゆいはバランスを崩し、ふたたびベンチにしがみつこうとして体をかがめた。途方もなく暴力的な渦の中で、それは最も不動のものに思えた。

視線を上げ、彼女はベルガーディアのハウスの風向計を捜したが、見当たらなかった。服の袖は風でぱんぱんに膨らみ、空気の過剰な勢いに体の表面を激しく磨(す)られるようだった。執拗な愛撫(あいぶ)が次々に繰り出され、それがゆっくりと変化して、初めは偶然の衝突だったのが、徐々に狙った一撃に、やがて残忍な殴打に変わる。そういうやり方を、ある本で読んだことがあった。そうやって殺人を犯す人物が出てきた。

町全体がみな不安そうにテレビで台風の移動の様子を見つめる中、嵐はピークに達しようとしていた。

ゆいが作ったビニールの覆いに包まれた、ベルガーディアの電話ボックスは震憾していた。

空気は土埃(つちぼこり)で汚くなり、宙に舞い上がる枝や葉の大きさを、混乱しつつも確認しようとゆいは必死だった。あそこに見える線はたぶん屋根瓦、あっちはガーデニング道具。アメリカの広大な農園で見かける藁束（わらたば）のように花瓶があちこちへ無秩序に転がっていく様子や、どこから来たか分からないビニール袋がひたすら上へ上へと空をのぼっていく様子。

その印象はまるで宇宙のワンシーン、無重力状態になって全てのものが地面から離れてゆく、ああした光景にそっくりだった。風は重力をただの選択肢であるかのように、つまりもはや自然界の鉄則ではなく、当てはまるとは限らない法則か何かのように感じさせていた。

ゆいは思った。全てが、壊れるかもしれない。

「そんなのフェアじゃない」そうつぶやく自分がいた。「この場所は神聖なものなのに」。誰もこの場所に危害を加えることなどできない。

すると突然、視界の端で光が落ちた。何本もの光の糸がその汚れた空を切り裂き、それらを引きずり落としていくのが見えた。

光は激しく明滅したかと思うと、ふっと力が抜けたように道に崩れ落ちた。

さらに二本の光の柱が落ちた。その瞬間、ゆいは恐ろしくなった。

山めがけて突進する風の轟音のために、海の息遣いが聞こえなくなっていた。どう考えても海は悪魔にとりつかれたかのように荒れ狂っているはずだったが、ゆいにはそう言い切ることができなかった。空気に泥が浸潤し、海までのわずかな距離ですら見通しがきかなかったのだ。

風の電話に続く小道のアーチまでもが不意にぐらりと傾き、見る間に地面に倒れた。ゆいが最初に固定したアーチの右側の留め金が真っ先に壊れた。ゆいは元通りにしなければと立ち上がったが、全身の筋肉は、襲いかかる突風に耐え、嵐に吹き飛ばされないようにするので精一杯だった。

　また新たな稲妻が走るのが見えた。それはたちまち地面に落ちた。大量に寄り集まった電気のかけらがバチバチと爆ぜて大気中に散ると、まるで通話が突然遮断されたかのように、それは低い轟きに変わった。どこか遠い場所で受話器が下ろされ、部屋全体にふたたび静寂が立ち込めたようだった。

　ベルガーディアを取り囲む一切の光が消えた。その時までは残っていたごくわずかな明かりさえも。鯨山の、そして丘の向こうの大槌の昼に夜のとばりが降り、辺り一帯は闇の中に落ちた。停電は数時間続いた。

　ゆいは、ついに自分の冒している危険をはっきりと察知した。そして、生物の遺伝子に組み込まれた闇への恐怖がそうさせたのだろうか、その時初めて、どこか別の場所に行きたいと感じた。

　ゆいは評価を誤っていたのだった。「自分を実際より高く見積もるのは、どんな時であれ間違ったこと」ゆいが子供の頃、母から耳にたこができるほど教えられたものだ。「でも、実際より低く見積もる方が、まぎれもなく罪が重いわね」

どっち？　お母さん、良くないのはどっち？

2

ゆいの問いかけに、母がしたかもしれない返答

「ゆいちゃん、言ったでしょ、自分を過小評価する方が悪いこと」
（すぐに付け加えて）
「ただし、身の危険がない場合にかぎってね」

3

一度でも進みたい方向を変えると、進路を見失い、決して後戻りできなくなる。

毛糸を一本引っ張ったらセーターが全部ほどけてしまうようなものだ。ゆいは急に、これが最善の選択だという自信がもてなくなった。もしこれでわたしに何かあったら？　花はどんな反応をするだろう？　そんな不注意を果たして許してくれただろうか？

それに、毅（たけし）は？　毅はどうだろう？

ゆいは毅を愛していた。三年も経てばもう自覚していた。それに、彼が彼女を愛していることも知っていた。様々な機会に数えきれないほど何度もそうと分かるように示してくれたからだ。彼女が何も気づかないふりをして、視線を落とし、ぐずぐずしていた時だって。ゆいにとって覚悟とは理解するということでもあった。だから状況が明白で、相手がそうと認識しているなら、沈黙や口実を盾にして逃げたり隠れたりするわけにはいかなかった。黙っていれば、おのずと拒絶したことになってしまう――ゆいは喜びを手にする覚悟をまだもてずにいたが、つらい思いをする用意はまるでないに等しかった。結局は断るつもりなんて毛頭なかったのだ。

だけれども承諾の言葉に、確信を持って放たれた承諾の言葉にどれほどの重みがあるのか。その瞬間、全く別の人生が足元から閃光(せんこう)のように広がり、以前の人生は完全に封印される。段ボールに入れて蓋を閉じ、ガムテープを巻きつけて、トラックの荷台に全部のせたら、それで古い自分とはおさらばだ。

自分が地を踏みしめていることを確かめるように、彼女はたえずつぶやいていた。「確信がないとだめ、ゆい。確信がもてるようでないと」時には朝から、食欲とともに、彼を愛したい気持ちが得も言われぬほど高まり、それでその独り言をずっと繰り返している時もあった。そんな日の朝食は普段より時間がかかり、ぼんやりとしながらいつまでも口の中で咀嚼(そしゃく)し続け、コーヒーは口に運ぶ前に冷めてしまった。点けっぱなしのテレビの前で、天気予報が流れるのを二回も待った。というのも一度目はよく見ていなかったから、洗濯物を干しておくのに外のベランダがいいのか室内がいいのか確認するため、天気予報を求めてチャンネルをあちこち変える必要があったからだ。

朝食に一時間かけること、チャンネルを変えること。ゆいにとってそれは、愛を遅らせることだった。

だがしかし、心の準備ができると、問題はまるきり別物になった。その段階に至ると今度は不安の中でそれとない言葉を期待しはじめ、それがやって来ない毎日はまるで、何よりのごちそうを、ほんのわずかに手の届かないところへ遠ざけられるかのようだった。準備が整った食卓に並ぶ料理と、襲いくる食欲のようなものだ。

その日の前夜、花が寝ている間に、毅が前に進む言葉を口にしたのだった。

居間と台所の間で、彼は食卓を片付けながら食器を少しずつ流しに置いていき、ゆいは花のために小さな弁当を作っていた。

「小さいふりかけ、買っておかないと」ゆいは、アンパンマンのイラストが描かれた空(から)の小袋を毅に見せて言った。「これがラスト」

毅が絵のついた花のお皿を水にすべらせると、桶(おけ)の中の石鹸がゆっくりと水中に浮かび上がってきた。シャボン玉が一つ宙に浮かび、うれしくなったゆいは、毅に向かってそれを吹いた。

彼は彼女を見つめた。「ゆい、ここで暮らさない?」

それから何年か経っても、なぜ別の時ではなくまさにその時を選んだのか、毅には説明のしようがなかった。何か月も前からずっと考えていたが、口には出さずにきた。その計画を立てるのは、長く住みたい家の構想を練るのに似ていた。広い玄関、居間に続くゆるやかな斜面、明るい浴室。

彼は、それからの自分たちがなりうるどんなものより、ゆいを、そして自分たちの友情を大切に考えていた。どこかに拒否のサインが出ていないか、あらかじめよく探しておくはずだったし、決して軽率に、取り消しづらいことを言ったりするはずではなかった。

それなのに。

それなのに、あの不用意な一言が出たのだ。台所と居間の間で。

豆腐とじゃがいもをつまんだ菜箸が、宙に浮いたまま止まっていた。ゆいは、次の動作の着地点がどこだったか、思い出せずにいた。ごはん、今切ったイチゴ、うさぎの形のクッキー、お弁当箱の蓋を留めるためのテープ。

「ここで暮らすって」ゆいは、質問せずにそう答えた。勘違いが起きないように、彼の言葉の残響に乗ったのだった。

「ゆいの居場所はぼくたちのところ。家族だからね、ゆいと、ぼくと、花、それにトラも。あとは正式にそうするだけだ」

毅は彼女の後ろからそっと近づき、窪みのある貝殻のような、やせた体に覆いかぶさった。自分の肩甲骨に彼の胸が触れた時、ゆいは自分たちの姿が変わり始めたのにはっきりと気がついた。

二人は木になろうとしていた。木質と樹皮。皮膚から長い根が伸び、自然に芽が出ると、そこに特別な小さい推力がたえまなく働いて花が咲き、互いの体を結びつけた。

そんな変身が起きたのは、人生でこのときただ一度だけだった。
毅はなりふり構わず彼女を強く抱きしめ、彼女の首筋に顔を埋め、うわごとのように繰り返した。好き、ゆいのことが好き。

「ゆいのことが、花と同じくらい、何より大切だから」毅はさらに一段低い声でつぶやいた。「じゃ、寝るよ。上で寝てね。明日また話そう、もしその気になったら」

彼女にキス一つすることなく、こうして彼はその話に蓋をした。

ゆいは考えていた。今のとてつもない幸せの約束を、怖いと感じてはいないだろうか。それもあって自分は真夜中にベルガーディアに向かい、あの殺人台風の危険に身を晒したのではなかったか。

いや、違う。思考を払いのけた。怖いのではない、むしろ正反対だった。愛されていること、そして自分も愛していることを、はっきりと確かめた彼女は心底幸せだった。この気持ちが自分を守ってくれる、確かにそう思えるほどだった。

4

その夜ゆいが作った、花のお弁当の中身

ごはん（銘柄はコシヒカリ）
ゆでブロッコリー　二つ
蒸しなす　二切れ
マッシュルーム
じゃがいもと挽き肉のコロッケ
さんまの醤油煮　二切れ
あかちゃんまんが描かれた小袋の鮭ふりかけ

おまけ：小さいバナナマフィン、うさちゃんクッキー二枚、切ったいちご六つ、プレーンヨーグルト。

注：といっても動揺のあまり、いちごもマフィンもバッグに入れるのを忘れた。うさちゃんクッキーも、一枚右耳を折ってしまった。

5

ゆいを巻き込んだ風は今も周囲の物をめちゃくちゃにし、安全な場所からたたき出し続けていた。世界の質料が、その乱闘騒ぎのなかに投げ出されていた。まるで、朝目覚めてまもない人間のようだった。それは彼女が明け方の東京で出会ってきた人々に似ていた。彼らはしわくちゃで、一日がまだ公式に始まってもいないというのに、しばしば疲れきっている。

鯨山の空がゆいに怒りを吐き下ろした時、そしてゆいが、あの空には額を支えてくれる人がいないのだと思った時、どこか別の場所にいられたらと彼女は強く願った。毅の横で、安心できる彼の腕の中で、花の脚が自分の脚にのせられていて――ちょうど、ソファの上で一緒におとぎ話の本や絵本を読んでいたら、暖(だん)を取ろうとして一方に固まったお猿さんたちみたいになっていて、それで少女が大笑いしたあの時のように。

毅の腕、花の脚。

もしも毅が、あのぎこちない愛の告白と一緒に、体の一部を彼女に託していたとしたら？　もしも、彼自身も気づかないうちに、足や、肝臓や、心臓の動脈を彼女に預けていたとしたら？

それに花だって、学校の帰り道でつないだ手をぎゅっと握ってくる時に、こっそりゆいの手の中に、胡桃(くるみ)色をした目の片方や、おへその上のほくろや、皮膚を、すべり込ませていたとしたら？

ゆいまでいなくなってしまったら、彼らはどうしただろうか？

そう考えて彼女は動揺した。どこか別の場所、鈴木さんの家にある小屋や、犬を連れたおばあさんのところに避難したくなった。だが遅すぎた。つかんでいる手を離せば、オズの魔法使いに出てくる赤い靴の女の子さながらに、吹き飛ばされる危険に晒されかねなかった。

自分が滑稽に、壊れたおもちゃみたいに空中を飛び回る姿や、丘を這うように生えた森、あるいはもっと下方の海に向かってただ転げ落ちていく姿が目に浮かんでくるなかで、ゆいは一人つぶやいた。世界はこうしてできたに違いない、こんなふうに何もかも引っ掻き回されたところから。津波の存在にしても、何かはっきりした理由があるはずだ。地震や洪水や地すべりや土砂崩れと同じように津波は宇宙を掻き乱す、そしてその災厄はすべて人間のために起こるのだ。そのすべてが人間を殺め、焼き払い、水に沈め、根絶やしにし、世界の均衡が守られる。

その時ゆいは、嵐とは何であるのか、ありうるかぎりの答えを必死に捜していた。それは時間が過ぎるのを待つための彼女なりの方法だった。というのは、もうほんの一時間もすれば確実に、台風はその特定の一地点を踏み荒らすのに疲れてくるはずだからだ。もしかするとどこか怪我をしているかもしれない、思いもよらない箇所から出血しているかもしれないが、命は助かるはずだ。

「わたしは大丈夫、どうもなってない！」花と毅に向かって行って、明るくそう言おうと思った。何より先に、自分に預けてくれた体の一部分が無事だということを伝えて安心させたかった。そのあと、二人に約束しなければと思った。次から忘れないようにするね。愛されていたら、少なくとも自分が愛するのと同じくらい、とてつもなく大きな責任を抱えているってこと。

突然、猛烈な地鳴りが轟いた。激しくゆいに当たった。何かが倒れた。

続いて遠くで笛の音がし、かなり離れたところから、哀しげな歌声のようなものが聞こえた。

ずぶ濡れで、滑稽なほど軽い自分の体重以外支えのなかったゆいは、地面に倒れ込んだ。腕がだらんと垂れ、頭がぐにゃりと曲がった。

その瞬間から彼女は、風の意志の赴くまま、空き箱のようにあちらこちらへ転がった。

6

ゆいが気絶して倒れる直前、最後に考えたこと

「ああ」

7

毒をもって毒を制す。

ベルガーディアを救ったのは、風と、その信じがたいほどの猛威だった。

ある女性が風の電話を守ろうとして逆に守られたという噂は、瞬く間に広まった。一説では、亡くした人を呼び出すためにそこを訪れた何万人もの声の力によるものだと言われた。あるいは、まさにその亡くなった人たちが守ってくれたという話もあった。誰も彼らの声を聞くことはできないけれど、彼らは、そよぐ風や撫でるような風で、生きている人に返事をしているのだからと。他の説では、その両方が混じり合って大槌の丘に自然に存在する風と融合した、そのおかげではないかと言う人もいた。

何もかも全てが固まって台風に抗（あらが）う壁となり、彼女を守ったのだと。

辺り一帯では夜まで水も電気もない状態が続いた。森に生えていた松の木が土砂崩れで何百本も谷底に落ち、山を越えた先の畑は大雨で壊滅状態だった。もう少し西の方を見ると、家々の玄関は泥まみれ、お年寄りが自衛隊のヘリコプターで宙に吊り上げられ、停電によって家の中で深刻な事故に見舞われた人が何人も担架で運ばれる様子が見られた。多くの犬や猫が行方不明となり、風のせいでひっくり返った車がいくつもあった。高速道路で倒れた大型トラックの荷台に山と積まれていた青森県産リンゴのために、両車線には果実の香りが漂っていた。

ついにゆいが発見された時、彼女の周りは根こそぎ破壊されていた。

家の屋根は陥没し、瓦の大部分が取れてばらばらに菜園に落ち、茄子(なす)の茎やトマトの木の幹は傷んでやられていた。

電話ボックスは土台ごと抜けて横倒しになっていたが、それが彼女に当たったのではなかった。それはむしろ、様々な破片を呑み込み空気中に巻き上がった土砂とゆいの間の盾になるような形で横たわっていた。

ゆいはベンチと電話ボックスの狭い隙間に倒れていた。その体にはビニールシートと雑草が屋根のように覆い被さっていた。まるでベンチと電話ボックスの双方が、ゆいが被せてくれたビニールの覆いを一枚ずつ辞退して彼女に譲り渡したかのようだった。それら二つが近くにあったおかげで、ゆいは飛来物から守られたのだ。

風がもう一度だけでも強く吹いていたら、電話ボックスは彼女に衝突していた。そうでなかったとしてもベンチが傾いてのしかかり、彼女の頭を押しつぶしていただろう。ところが、ゆいは怪我こそしていたものの、その状況なら当たり前に起きたはずの状態には至っていなかった。

彼女を発見したのは、近くの町に住む高校生の啓太だった。彼もベルガーディアの状態を心配し、台風の最も激しい段階が過ぎ去るのを待ったあと、一人で行くのは断固反対だと言う父に負けて、一緒に車で来ることにしたのだった。

少年はガーデン全体の様子を見てひどく驚いた。緑色と茶色と様々な物の残骸がぐちゃぐちゃに混ざっているというだけではなく、大切なものすべて、つまりベルガーディアと風の電話を構成していたあらゆる部分が、蜘蛛の巣にがんじがらめにされているように見えた。まるで熟練の蜘蛛が獲物に狙いを定めて、気絶させ、それから急いで自分の吐いた糸で包み込んで、それを手つかずの、仕留めた瞬間のまま置いておこうとしたかのようだった。

アーチは倒れ、電話ボックスもいまやベンチと平行に横たわっていたが、それ以外のものはすべて持ちこたえたようだった。

すると父の叫ぶ声がした。「おい、誰かいるぞ！　早く来い！」こうしてゆいは見つかった。

何かが激しくぶつかったらしく、顔に大きな血腫が広がっていた。だが呼吸も、心音も規則的だった。

彼らは慎重に彼女を車内へ運び、すぐにエンジンをかけた。啓太は、折れた枝や岩であちこち塞がれた道を注意深く運転し、必要な時は車を降りてそれらを端に押しやった。風はまだ強く、病院に続く深い森は、酒に酔っているかのように大きく左右に揺れていた。

後部座席では啓太の父がゆいの頭を支え、発見した時の状態を救急病院の医師にどう伝えようか整理していた。首が傾き、足首に固まった血がついていて、腕が曲がっているのはおそらく脱臼と思われた。彼女の目を覚まさせようとして彼は、息子がしっかり記憶していた名前で何度か呼んだ。長谷川さん。長谷川さん。いや、ゆいだ。啓太が言った。鈴木さんがその名で呼んでいた。

この数年の間に啓太が得た印象では、彼女はとても穏やかで落ち着いていて、ベルガーディアの土地の端にまっすぐ立ち、そこから垣間見える海の襟ぐりをじっと見つめている、そんな人だった。よくチョコレートを噛んでいて、いつも赤い服を着ている。

啓太の父が視線を落とすと、確かに赤い色をしたフレアスカートと、すっかり泥と葉にまみれた、体の線の出るセーターが目に入った。さっきは傷んだり破れたりした部分しか見ていなかったから気がつかなかった。

「しかしなんだってこんな天気の中で、あそこに?」男性は問い続けた。こんなにも細く、その上全身に無数の傷を受けた体が、あれほど並外れたことをやってのけたとは到底信じがたかった。

だがしかし、全ての物が、ビニールのシートとガムテープで丁寧に覆われ、一つ一つ地面に固定してあったのだ。間違いなく彼女だった。そうでないなら、他の誰がしたというのか?

8

ゆいの正式な姓名

長谷川

ゆい

注：平仮名で「ゆい」という名前は、〈素朴で平和な人生を〉という願いを込めて、母がつけた。

9

ゆいさんは毎月ベルガーディアに来てるんだ、と啓太は父に言った。ゆいが二〇一一年の津波で娘と母を亡くしていることも告げた。

「なんてひどい」父はそう言い、自分の膝に乗せた女性の顔を思わず手の甲で撫でた。

そう、とても哀しい話だけれど、鈴木さんのガーデンに通う人はみな同じだった（「ぼくもだろ?」）。そして、だからといって、その人たちが鬱っぽいとか気落ちしているということはなかった。彼はむしろ、そこでとても面白い人々と出会うことができたのだ。

「それにさ、本気で、〈完璧に〉幸せな人なんて、会ったことある？　ぼくはないと思う」

「やっぱり、お母さんや娘さんと話すと気持ちが休まるんだろうな……」

今考えてみると、啓太はゆいが電話ボックスに入るのを見たことがなかった。

「話したことあるかどうか、分からない」

そうする代わりに彼女はガーデンを歩き回り、小道を行き来したり、しゃがんで草花に触れたりしていた。よく、アーチをくぐりながら顔を上げて頭の上で鳴っているベルを見たり、木や花の芽を興味深そうに観察していた。風の音を聞いてるの、そんなことを言っていた。

「ほとんどいつも黙ってるけど、話し出すとすごく面白いことも言うんだ。前に教えてくれたのは、ゆいさんは何かを本当に一生懸命考えてると、いつの間にか声に出してるらしい、それで周りから変人扱いされてるんだって」啓太は笑いながら言った。

「それ、母さんもやってたな。考え込んでる時は時々口が動いてて、こっちに聞こえるんだ。電車の中ではあんまり近くにいてほしくないタイプだよな」父がそう返すと、息子の笑った顔が見えた。

啓太の父は心得ていた。妻と自分の関係は彼女が亡くなった時にもう終わったが、しかしそのありようは、その先五十年にわたって夫婦を生かしてくれるものだったと。とはいえ、奪われた相手をいくらか減じた形で愛することによって得られる安心感は、息子には理解できないだろう。

完全に整理がつくのはまだいくらか先のことだったが、啓太の父は、人が思うほど苦しんだわけではなかった。一方、罪悪感は募った。それはスポットライトのように、かつて妻がいた、そして今はもういない、その正確な位置を丸く照らしてみせた。

そのために彼は、亡くなった妻への愛情を毎日示すことで、息子たちに愛を教えようとみずからに誓った。一時期、といってもつい先頃のことだが、演じることで自分が納得してしまうのではないか、虚構のうちにふたたび本気で彼女を愛する気持ちが生まれたりしたら、と恐ろしくなることすらあった。

真夜中に夢を見て胸が締めつけられることもあった。十六歳の夏に出会ったあの女の子。浜辺でのことだった。浜に戻ってきた彼は怪我をしていたけれど、ウニが大量に捕れたから笑顔だった。どちらにとっても子供の頃から行き慣れたあの海。

そのシーンは、彼女が傷の手当てをしてくれ、あの初めてのキス、母親以外の女性に彼がした唯一のキスをするところで終わるのだった。一連の流れは、毎夜同じように繰り返された。

「あれだけの作業が終わってたってことは、今朝相当早く来たんだろうね」父の秘めたる苦悩など知らない啓太が言った。ゆいの驚くべき行動や、痩せっぽちの体からは想像もつかない芯の強さについてずっと考えていたのだ。自分の糸でベルガーディアを守った蜘蛛の正体は彼女だった。

「そういえば、ガーデンの前に停めてあった車、分かった?」言葉の終わりに差し掛かって、啓太はようやく、いつもと全体の様子が違うとうすうす感じていた理由が分かった。

ゆいは一人だった。一緒にいるはずの毅がいなかった。

彼は父にその感覚をうまく説明できなかった。何か、ありうることだが間違っているような、少しピントがずれているような、そんな感じがした。

「いつもは、藤田さんっていう男の人と一緒に来るんだけど」彼は言った。「どっちか片方だけで来てるのは見たことなかったと思う。変だな、毎回東京から一緒に車で来るのに」

「東京？　そんな遠くから！」啓太の父はひどく驚いて叫んだ。彼はゆいの顔に首都の面影を捜した。日本全体を丸呑みするようなあの街で、彼も大学時代の四年間を過ごし、喜びと、道で遭遇する人波に対する苛立ちが、交互に訪れるのを経験したものだ。

彼は、家族でない女性の体に触れることにためらいを感じつつも、ゆいの服のポケットを探り始めた。さっきは気が動転していて、携帯電話を探すことまで考えが及ばなかったのだ。「その男の人に伝えないといけない、絶対に。番号わかるか？」

「たぶん鈴木さんなら。でもぼくは知らない。それに鈴木さんは今、病院じゃない？　そうするとちょっと分からない」

「服には何も入ってないし、鞄はたぶん車の中か、身分証も一緒だな。取りに戻らないと」

「ぼくが取りに行く。でも後で、病院で診てもらってる間に行ってくるから」

「それより、本当にその人はベルガーディアにいないのか？」

「いないよ、少なくともガーデンにはいない、いたら見かけたはずだ。鯨山の他の場所は、分からない。早く電話してそれも確かめなきゃ」

10

その日啓太が感じた、父にうまく説明できなかった感覚（一）
――これは不思議なことに、ノスタルジーに関するゆいの認識と共通するものがあった――
そして、彼がその感覚をとりわけ強く感じた場面（二）

（一）
「何か、まっすぐではあるけど完璧に整列していないものというか、見た感じは正しいようにも見えるんだけど、いつもほんの少しピントがずれてる、今見てる所からもうちょっとだけ右、もうちょっと左、っていうような。理屈は合っているはずなのに、どうしても何かがおかしいような気がする」

（二）

「誰かがたばこを吸いながら、吸い殻を地面に落としている時。母が死んでからお正月のおせち料理は毎年、味はおいしい、すごくおいしいんだけど、やっぱり違うなと思う時。妹が出かける前に口紅を塗ってて、女っぽく見える時。誰かが家に帰ってきても、お帰りなさいって母さんの声がしない時はいつも」

11

しばらくしてから、毅はゆいがいなくなったことに気がついた。

彼らは何日か前から鈴木さんの健康状態を心配し、鈴木さんの奥さんとやりとりしたメールの話をしていた。本当のところどんな体調なのか、一過性の不調なのかそれ以上なのか、そういったことは判然としなかった。

ベルガーディアに入れなくなる、それを必要としている人がそこに行けなくなる、ということに、ゆいが心の底から動揺しているのが毅には分かった。

ベルガーディアは命を救うの、だから、いつでも入れる場所でなくちゃ——ゆいは何度もそう繰り返していた。

でも、ベルガーディアで開かれてるセミナーの目的はそれだったじゃないか？——毅は答えた——その人たちが風の電話から自立するように、特定の物に縛られないようにするって。もしその人たちが物と思いを切り離すすべを学べてたなら、自分の家の庭に専用の電話ボックスを作るとか、ほかにも宛先のない手紙を投函する郵便ポストを作るとか、できるはずだよ。

　ふたりがテレビをつけたのは夜の十時だった。ただ単に、天気予報で明日の洗濯について知りたかっただけだった。どんな天気で、外干しと室内干しのどっちがいいか、花のゴム長靴を出しておく必要があるかどうか。この辺りですと台風はわずかに端の辺りにかかる程度でしょう、朝の予報ではそう言っていた。

　レインコートを着た男性が、片手に黄色いマイクを持ち、もう片方の手では必死にレインコートのフードを押さえながら、言葉と身振りで接近中の台風のことを説明していた。彼は分割された画面の右側の四角形の中だ。左側の四角はスタジオからの中継で、そっけない感じのニュースキャスターがこわばった笑顔を浮かべ、縦横にたくさんの線が引かれた四角い表に指示棒を当てていた。全身ずぶ濡れのリポーターときちんとした身なりのキャスターが画面上で重なり合う様は、それだけで非情なものに見えた。

「誰がベルガーディアを守るの？」気の立った声でゆいが言った。

　毅は何と答えたらいいか分からず、それとなく、もしガーデンに被害があってもあとで修繕されるだろうから安心するように、というようなことを言った。いつも言ってたじゃないか？　たとえば別の電話や違う場所になったりしても、大切なのは象徴で、物じゃないんだって。

　ゆいは曖昧な仕草で、わかった、というようにしたが、すっきりしない顔のままだった。そこで毅は手当たりしだい話を始め、必要な買い物のこととか、自分の母親は床の敷物に妙なこだわりがあって、居間は花柄、浴室は縞模様と家中マットだらけだとかいうことを言った。それから彼は食器の片付けにかかり、近い当直の予定や、四月から後任として入る新しい医局長についての噂なんかを挙げていった。

　そのあと、ゆいが花の弁当を詰めていて、彼がゆいの後ろに回った時に、あの言葉が飛び出したのだった。

　彼女のどこが好きか正確なことは伝えなかったが、彼にとってそれは、ゆいの好きなところが非常に多かったからだ——花のことだけではなかった。それはもちろん重要な部分だったけれど、彼は自分の感情の内に、辿れば彼女ただひとりに行き着くしるしがあるのを自覚していた。たとえば、話をする時のつねに現実的な切り口、波を立てるように髪を後ろへ流す蠱惑的な仕草。扉や棚に触る時に必ず両手を添えるやり方、絶対的に安定している声のトーン。

　これまでの人生ではかなりふくよかで根っから明るい女性にばかり魅かれてきたというのに、彼はゆいの貧弱なシルエットや、骨の凸凹がまるで地図のようにくっきりと見える、体の線にも魅力を感じた。特に夏は、彼女の体を眺めることは骨格を学ぶも同然で一つの骨がどこで終わって次の骨にどうはまっているのか、血管がどこから始まりどこで他の血管と合流しているか、目で覚えていくのに等しかった。

　それなのに、彼はあんなにも平凡な言葉で愛を伝えてしまったのだった。取りつかれたように〈好き〉とばかり繰り返して。

　彼は間違ったのだろうか？

　彼女は微笑んだものの、気持ちの手がかりを残さなかったので、彼は不安になった。一度見せた釣り餌を引っ込められることや、大きな哀しみのあとに必ず訪れる喜びであっても拒むのが当たり前になった人にとって、それは耐えがたいことなのではないかと彼は思ったのだ。それでも、悲観的にはならないようにした。というより、その悩みが大きければ大きいほど、いっそうの信頼が必要になるのだと自分に言い聞かせた。愛には、やがては人を説得する力がある。

　彼はその状態のまま、翌朝自分の確かな心を示す方法について思い悩みながら、眠りに落ちた。たとえば彼女の小さな手に自分の手を重ねて、彼女が朝食の時間にもまだ一緒にいてくれることの喜びを伝えるのはどうだろう。毎日そうなったらいいだろうな。

12

毅がゆいに告白した場面の詳細

背景に、ゆいの好きな映画トップ3のうちの一本、ウォン・カーウァイ監督の『花様年華』（二〇〇〇年）のエンドロールが流れていた。毅の最初の一言が発されたのは、画面に撮影スタッフのクレジットが出たのとぴったり同時だった。

毅はユニクロの柔らかいデニムジーンズに、ダース・ベイダーの黒いセーターを着ていた。ゆいが着ていたのは大きなリラックマの顔のついたつなぎで、これは花が見立てた誕生日プレゼントだった。

二人とも裸足だった。

注1：ゆいの誕生日は六月二十三日。
注2：『スター・ウォーズ』は毅のお気に入りのシリーズ。
注3：毅のセーターは誰かから贈られたのではなく、本人みずから買ったもの。

13

それから何時間もして、病院にシオが現れた。つねに聖書を持ち歩くその青年は、啓太たちに気がつくとその集まりに加わった。ベルガーディアで彼の姿を見かけなくなって久しかったから、毅とゆいは、ひょっとすると鈴木さんとの会話から何かが漏れたのではないか、あるいは何かしらの理由でシオが自分たちを避けているのではないかと思っていた。そんなことはないと鈴木さんに言われても、完全には納得がいかなかった。二人とも、他人の哀れみを自分の身に引き寄せる不安を分かっていたし、その感覚が気を滅入らせることも、それが自分自身で経験する苦しみよりよほど質（たち）の悪いものであることも承知していた。

この数か月シオは、ただ単に、父の変化に気づき始めていたのだった。どう変わりつつあるのか、正確な説明はできなかった。衰えてきた、そんなふうに見えた。父の衰弱のサインが見えれば見えるほど、終わりを見届ける決意がシオの中では高まった。一瞬たりとも父から目を離さずに、それが起こる時その場にいたいと思っていた。

父は、朝から晩まで上がり下がりするしつこい熱にうなされていた。医者を呼ぼうとする者は誰もいなかった。彼自身、声を上げる時には、放っておいてくれと強く繰り返した。シオはそれに賛成だった。命が何を決めるか見守ることが必要だと思った。

父は一週間うわごとを言い続けた。それを見た誰もが何よりも圧倒的な印象を受けたのは、あの惨禍を経てすっかり白髪になりむくんだ体が今なお、これほど澄んだ、海を凌駕(りょうが)し波を呼び集めるような声を発することができるということだった。

日が高いうち彼は、家の屋根を船の帆と、ふすまを昔乗っていた船の操舵(そうだ)室の壁と取り違えていた。おばたちが、薄明かりに包まれた部屋に質素な食事をのせたお盆を運んだ。ところが彼は手をつけようとせず、昔は時刻を眺めることと食事の繰り返しで一日が終わっていたというのに、今は干からびていくばかりだった。「あれじゃ自殺も同然よ、何か食べないと餓え死にするわ」夜になり、一日経った古い食事がのったままのお盆を回収してきたおばたちは、暗い顔でそうささやいた。

だがそれから台風が到来して、暴風による乱痴気騒ぎが起こり、飛んできた花瓶が浴室の小窓を突き破って大混乱になった。

「死人が帰ってくるぞ」彼が叫び、家の中では誰もが耳を塞いだ。そんなことを聞かされるのは恐ろしかった。

外では何もかもキーキー、ギーギーと軋み、まるで調子外れのマーチングバンドだった。それがしだいに遠ざかるにつれ、メロディはますますゆがんでいった。

玄関扉にもガラスがぶつかって割れ、あの破滅的な暴風や飛んでくる枝葉と土砂を押さえようとして走り回る足音を聞いた時、シオの父は立ち上がり、何が起こっているのか見に行った。彼はいないものとして扱うのに慣れていたせいで、誰も、その男が自分の前にあるものをふたたび見ようとし始めた（見たのだ、本当の意味で）のに気がつかなかった。〈創世記〉の大洪水が彼をばらばらにしたのだとすれば、この新しい洪水は〈新約聖書〉の洗礼のようなもので、それは彼を死に至らせるのではなく目覚めさせた。

シオの父は声を上げて泣き出し、猫のように体を丸めて時々大きくしゃくり上げた。彼は全身で、目と、背中と、喉のすべてで泣いていた。彼のそんな声を聞いたのは、シオがまだ子供の頃に祖母が亡くなった時以来だった。それは彼にとってみれば、メインマストが倒れたに等しい出来事だった。

「まだ泣いてるんです」彼は毅とゆいの方を見て言った。「誰も止められない、ずっと謝ってます。でも随分元気になりました、明らかに」

ゆいはベッドに寝かされていて、頭に大きく包帯を巻かれ、シーツから出た腕には絆創膏が何枚も貼られていた。そんな彼女の穏やかで楽しげな様子を見たら、病院がまるで個人の家のように思えてきたのだった。彼女の横に立っている毅は、お茶に招かれた来客だ。「主任の先生には、脳神経系の検査はしておいた方がいいと言われましたが、比較的心配なさそうに見えました」シオは、かつての友人たちを見つめて言った。

彼は、数時間前からの幸福感を漂わせていた。正確に言うと、彼が父親のベッドに腰かけ、父の胸の上に体をかがめて聴診した時からだ。父はできるだけ動かずじっとしていようとしていたが、息子の頬に手を伸ばしたい誘惑にどうしても勝てなかった。まるで息子と数年ぶりに会ったかのように、彼はつぶやいた。「立派になったなあ！」シオは慌ててセーターのボタンを掛け直し、父に自分が見えないようにしたが、その時彼は素早く瞬きして、落ちてきた小さな涙を潰した。

「よかった、本当によかったな！　なんていい知らせだ、シオ！」毅は夢中で叫んだ。

台風のため、彼がそこに着くまでに一時間かかったが、その間にゆいは目を覚まし、自分の生年月日と毅の電話番号をそらで唱えたのだった。彼女はベルガーディアはどんな状態かと尋ね、啓太が彼女を安心させた。二日もすれば全部元通りになりますよ。

毅は啓太から電話がかかってきた時、恐ろしくて死んでしまいそうな心地だった。なぜそのように事が解決に至ったのか、まだあまりよく飲み込めなかった。自分は一気に運を使い果たしたに違いない。彼はそう思った。

父とゆいをのせた啓太の車が救急病院のロータリーに到着する直前、台風は海の彼方に消え去った。初めに雲にひとすじの亀裂が入り、その分厚いキルト地の破れ目から、実は向こう側に隠されていたどこまでも広がる青が見えたかと思うと、空から陽光がたっぷりと降り注ぎ、そしてその光が、雲の裂け目を一刻ごとに広げていった。ようやく昼が訪れたのだ。

何時間も家の中で過ごし、落ち着きをなくしかけていた子供たちは、窓にかじりつき、高い雲が東の方へ逃げていくのを見た。

数時間かけてその大移動が終わると、今度は気温が一気に上昇した。大気中に湿気が充満した。

学校の帰り道、ゆいが冒した危険のことなど全く知らない花は、父にメッセージを送った。東京にまた夏と、お盆の花火が戻ってきたみたい。毅は彼女に、こっちも同じだよと送った。窓枠の向こうの、病院を囲む庭で、その年最後のセミが耳をつんざくような声で鳴き始めていた。

翌日、ゆいが退院して帰路につく直前に、啓太と父親が二人に会いに来た。彼らは二人を気遣う様子で、ゆいの状態について細かく尋ねた。彼らはゆいの救助の最前線に立ったことから、自分たちには他の人たちより詳しく知る義務と権利があると感じていた。

彼らと一緒に、啓太の妹の奈緒子も来ていた。若い彼女は頑固そうな顔つきで、その張り出したあごでどんな言葉も逃さなかった。彼女の父は、娘の代わりに謝ったり、何か言いなさいと促したりするような間違いはしなかったから、それで空気は和んだ。

少しするとシオもやって来た。今までと違う顔をして、翼のように体の横ではためく白衣に縁取られて。「ぼくたちも来ました」彼がそう言うと、ぼくたちが彼らの目の前で分解し、シオのすぐ後ろに、鈴木さんが現れた。背後には小柄な奥さんの姿も見えた。

一斉に驚きと心配の声が上がった。「鈴木さん！」「鈴木さん、お体は？」「休んでないといけないんじゃないですか？」

彼は元気だった、とても元気だった。あれはちょっとした急病で、全く深刻なことはなかったのだ。もしかしてずっと重い病気ではないかと心配したが、検査をして疑いはどれも一掃されたという。「すごく心配しましたが、それだけでした」彼はそう言ってみなを安心させた。

彼の隣にいる妻は、ゆいをはじめとする全員に、こんなにご心配かけてすみませんと何度も謝っていた。感情的になっていて、あの連絡も慌てて書いてウェブサイトに載せたけれど、もう少し時間をかけてじっくり考える必要があった。ああいうことには詳しくないもので、それでうっかり誤ったことをしてしまった。

彼女は気持ちを抑えられず、その言葉を反復した。夫が勇気づけるように肩を抱いても、彼女は何度もお辞儀をしながら、「ごめんなさい」「申し訳ありませんでした」と繰り返していた。

いいえ、本当に謝ることなんてありませんから。毅はそう言って遮った。ゆいは本当にあの場所に愛着があって、だからたぶん、どちらにしろあそこに行っていたと思います。

「本当にそうです。わたしが反射的にしたことですから。奥さんは何も悪くないんです、保証します」彼女に近寄ってゆいが付け加えた。

「ベルガーディアと風の電話に、この何年かでお二人がわたしたちのために作り上げてくださったものに何か起こったりでもしたらって、そう考えたらそれだけでわたし、気が変になっちゃったみたいです。みなさん、ごめんなさい！」彼女はそう言い、意図せぬ観衆の面々に頭を下げた。

未来のことはもう何も語る気になれなかった自分の前に、未来が戻ってきた。彼女は最後にそう言った。そう、それがベルガーディアの魔法だった。

その話に全員が感動してうなずいた。啓太の妹を除いて。彼女は、自分に本当には理解できないその妙な空気に困惑し、視線を窓の外に向けた。外はもうすっかり青空に制覇されていた。

「この子も同じです」啓太の父が息子を見て言った。「計画も何もなかったもので、ぼくはそれは変だって言ってたんですよ、この年だったら、人生全部が未来なんだから」少年はうなずいたが、早く話題を変えてほしそうにしているのが分かった。

「ぼくたちみんな、それぞれ違う形で、ベルガーディアが好きなんですよね」シオが発言した。「この四十八時間に、これまでガーデンに来たことのある人たちから、台風を心配するメールが何百通も届いてます。ぼくたちで何日かかけて返信していきましょうか」

これでもう何度目かの〈ぼくたち〉だったが、今回は部屋にいる全員が含まれていた。満員状態の部屋は、何となく小さくなったような気がした。

部屋の前を通る人たちは、重なり合う声に関心をひかれて、ちらちらと部屋をのぞいて行った。少しすると、ゆいが帰宅するということで看護師があいさつに入って来て、全員部屋から出るよう、それとなく丁寧に促した。

「本当に定員オーバーでした」鈴木さんは冗談めかして言った。「誰かがシャンパンのボトルでも開ければパーティーができるんですが、さもなければ、退出した方がいいでしょう」

14

啓太の妹について、ゆいと毅が車内で交わした短いやりとり

「落ち着いた子って感じがしたけど」

「というより、相当困ってたよね」

「落ち着いてる感じしなかった？」

「落ち着いてるかどうかは何とも言えないな。あれくらいの年の子は読めないから、仲間同士でいる時以外は」

「わたしには、若い子たちはみんなあの理論そのものに見えるけどなぁ、シュルレアリスムの……ええと……」

「どの理論？」

「待って、思い出せない。『甚だしいものだけが美しいのだ』みたいな感じの」

「極端って意味？」

「そうそれ、すべては白か黒か、とても美しいかひどく醜いかって。あの年代はそういうもの、中間の尺度をもたない」

「で、ゆいは十代の頃どんなだったの？」

「他の人と同じでしょ。中間の尺度がないの」

「花がそのくらいの年になったらどうなるかなあ……」

「他の人と同じでしょ。中間の尺度がないの」

15

シオは友人たちを出口に連れて行き、他の患者や看護師や担架が行き交う中で、それぞれ異なる彼らの輪郭を見つめていた。毅の右手を目で追いかけると、それはゆいの荷物を支えて彼女の負担を軽くしてやり、一方の左手は彼女の手と絡み合っていた。啓太の妹の奈緒子が指差した先には、いまやゆったりと空を流れていく最後の雲が見えた。彼は鈴木さんと奥さんに手を振っては、時々その手を、自分の前で開閉を繰り返す自動ドアの隙間に差し入れた。

「お友達？」後ろから、シオがよく一緒に昼食をとる看護師の女性が尋ねた。

「そうだよ、共通点の多い人たちだから」

「いいね」彼女はそう一言だけ付け加えた。「こっちは終わり？　食堂、付き合ってくれない？」

シオはうなずいた。女性の隣を歩き出し、同時にポケットから『ヨブ記』を取り出す。病院でも、彼の聖書への情熱は周知のものとなっていた。そしてまさにその看護師こそが、初めに信じられないという反応（「え、つまりクリスチャンてこと？　違うの？　じゃなんで聖書読んでるの？」）をした後で、どこへでも持ち運べるように、軽い小型本に分かれたタイプの新しい聖書を一つ買ったらどうかと提案してくれたのだった。それで全篇を通読した今は、神の啓示を待つかのように、シオは聖書をランダムに開くようになっていた。

「今日の聖書のおことばは何？」食堂の入口をまたぐ時に、彼女は穏やかに聞いた。「わたしにも何かいいお告げありそう？」

馬鹿にしているのではなく、ただ聞いているのだった。彼女もシオと同じように、耳や目に入ってくる言葉は（聖書に限らず、どこからであっても）、偶然その人のもとに届くにしても、何かしら意図があってそうなるのだと確信をもっていた。

といっても彼女は、信じているわけではないが、目についた星占いは片っ端から読んでいる、そして、それら二つ（星のお告げと聖書）はたいして違わないと思う、と無邪気に話していた。

「それで、何かいいの見つかった？」

「そうだなあ」シオは考え込んだようにつぶやいた。彼がそうしている間に、若い女性はずらりと並んだテーブルと椅子の片隅にハンドバッグを置いた。

「これだ！」シオが声を上げた。「いい、聞いてて」

そしてすぐさま読み上げた。「〈忍び寄る言葉があり／わたしの耳はそれをかすかに聞いた〉」

「う、うん、いいかも」女性は言った。「でもわたしにはちょっと詩的すぎるかな」

淡いピンクの制服を着た彼女がメニューを見にふたたび食堂の入口へ行っている間、シオは初めて気がついた。凪は、聖書において重要な言葉だ。凪は原初の混沌（こんとん）であり、主のいなごをエジプトに運んできたのも凪、それに、紅海を押し返して、水を二つに分けたのも凪だ。彼は『列王記上』を思い出した。エリヤと主の出会い、神の山ホレブを目指す長い旅、そして凪が……

「何にした？」看護師がシオの思考を遮り、没頭していた彼の顔をのぞき込んだ。「決まらない時はカレーにするといいよ、間違いないから」彼女は隙のない表情でそう付け加えた。

彼女はすでにトレーと箸、ミニサラダを二つ取り、早足でカレーコーナーに向かっていた。

病院の食堂のど真ん中に立ち止まったシオは、自身への啓示を受け取っていた。父を呼び戻してくれた、彼のもとに帰してくれたのは、まぎれもなく、風の電話だった。父のために費やしてきた言葉のすべて、呼吸の音にかつての父を偲んだ日々のすべてを、神は彼のために水路へ導き、とっておいてくださったのだ。

大槌の暗い谷を越えて鯨山に登るすべての人に、同じようなことが起きているに違いなかった。風の強いベルガーディアのガーデンまで苦労して登ってきた人なら誰にも、そんなことが起きたはずだ。

あの受話器を手にとり、十個の小さな穴で指をすすぎ、そして、そこに静寂が広がっていても、話す。それは純粋な信仰のなせるわざだった、そうだ、鍵はまさに信仰にあったのだ！

「シオ、来てよ！　カレーは冷めたら美味しくないんだから！」看護師の女性はそう言って彼の手にトレーを持たせた。「ほら、選んで！　早く！　わたしの昼休みが終わっちゃうじゃない」

「了解、ごめん、ぼくもカレーにするよ」青年は食堂の利用証とプリペイドカードを取り出しながら言った。

風は神の息吹だ。彼は湯気の立った皿を前にして考えた。

「はいスプーン、いつも忘れるよね」

「そうだね」

いただきます！

いただきます！

二人が手を合わせおじぎをした時、シオはふと、違う、と思った。風は神の息吹じゃない。

風が神なんだ。

16

もし友人に遮られなかったらシオが読んでいた、『列王記上』からの一節

「主の御前には非常に激しい風が起こり、山を裂き、岩を砕いた。しかし、風の中に主はおられなかった。風の後に地震が起こった。しかし、地震の中にも主はおられなかった。地震の後に火が起こった。しかし、火の中にも主はおられなかった。火の後に、静かにささやく声が聞こえた。それを聞くと、エリヤは外套で顔を覆い、出て来て、洞穴の入り口に立った。その時、声はエリヤにこう告げた。『エリヤよ、ここで何をしているのか。』」

（列王記上一九：一一―一三）

17

一言で要約すれば、生活は東京に戻った。

毅は定義にとりつかれているようなところがあったから、この一言をさらに要約しようと試みた。つまり、結婚して一緒に暮らすということ。彼と、ゆいと、花とで。

ゆいに正式な申し込みはしていなかった。それは何も彼が礼儀や決意を欠いていたからではなく、これまで二人の間にあったことを思えば、そうなるのが彼にとって最も当然の帰結だったからだ。すべてがそちらの方向へ進んでいた。

ある日曜日の午後、五月は結婚式にいい季節だと毅に言われたゆいは体が震えた。顔には出さないように努めた。招待客は何人くらいで考えているか、儀式は和式と洋式のどちらがいいか、と彼に聞かれた時も、つとめて平静を装った。

ゆいは曖昧な態度を崩さずに、役所で戸籍登録をして小規模なお祝いをすれば十分だというようなことを言った。注目の的になるのが恥ずかしかった。

その話がどうして初めからでなく半ばから始まったのか疑問を持ったゆいは、おそらく自分の忘れっぽさに原因があると考えた。問いは以前にもう投げかけられていて、それなのに自分が、いつものように、その瞬間にぼんやりしていたに違いないと思い込んだ。承諾したはずと確信をもった。

つまるところそれは承諾の意志であり、そこに疑いはなかった。けれども、すべてがどんどん急に動き出したものだから、彼女はついて行くのに必死だった。

二人が話している途中で居間に入ってきて、話を断片的に耳にした花の反応を見た時、ゆいはそれが本当に大きな報せになるのだと理解した。少女は駆け寄ってきて抱きついた。その様子は、台所のカレンダーをめくって五月の第一週に丸をつけた毅の行動よりも、いっそうゆいを不安にさせた。

その時から、彼女は喜びよりも悩みを抱えるようになった。漠然とした不安があった。

早朝、毅は彼女に電話を入れ、急ぎで夜の予定を相談したいと言った。映画を見に行くならアニメにしよう、家で夕食にするならお好み焼きにしよう、生地から手作りして、へらでくるんとひっくり返して、花の大好きな揚げ玉を入れて。

とはいえ、何を食べるかは瑣末（さまつ）なことにすぎなかった。それよりも、数日前からゆいがどこか避けるような様子を見せたり、彼の腕からそれとなく抜け出したり、あらゆる会話を（内容が何であれ）「そのうち」とはぐらかしたりし始めたことが、しだいに不安になってきていた。

二日前、結婚指輪を注文するため銀座に向かう途中で、地下鉄の階段を上りながら彼女の肩に触れた時、彼女が明らかに体を引っ込めた感じがした。その日の夜は頭痛がするとほのめかし、花におとぎ話の読み聞かせをするより先に、静かに退散してしまった。翌日の夜も同じだった。

何かあるとは感じたが、どんな話であれ、ゆいに話す気がないことも明らかだった。

毅はゆいが急にそんなふうに引っ込みがちになった理由を、良いことにも時間はかかるものだから、と考えた。何かを足したり引いたりしようとする時には、必ず体内の調整が関わってくる。結婚は間近に迫りつつあり、引っ越しや、前の生活の荷造り、荷解きを控えていた。

いつかゆいに言われたことがあった。誰かを失う哀しみは、何かを毎日食べつづけるようなことだと。例えばサンドイッチか何か、一つの食べ物を細かく切り分けて、それを毎日少しずつ、ゆっくりゆっくり飲み込んでいく。今日はパンの耳だけ、残った米粒だけ。明日は砕けた黄色いレモンだけ。消化が遅いのだと。

だとすれば、喜びも、つまるところ大きく違わないはずだろう。毅は考えた。

電話がかかってきた時、ゆいはすでにラジオ局のスタジオにいた。前の晩の収録中にイヤホンからピーという変な音がしたのだが、遅い時間だったから、その時はとにかく全員帰ることになった。それで今、その原因を突き止める必要があり、イヤホンジャックを抜き差ししたり、音量を正確に測定したりして、その嫌な音がどこから出ているのか確認していた。

レバー、つまみ、モニター、ボタンがずらりと並んだ機材パネルの上にかがんだ音響技師が、どうやら解決に近づいているようだった。「このケーブルが劣化してるから、替えないとだめだな。もう一回やってみようか」

ゆいはうなずき、ふたたび収録室に移った。もう七回目だったから、だんだん疲れてきていた。

「どう？　喋ってみて」

「テスト、テスト、テスト」

「今度はどう？」

「聞こえなくなりました！」ゆいはほっとして答えた。「ようやく……解決したみたいです」

彼女がブースの外に出たところで、携帯電話が震えた。

「出ないとまずいんだったら、出ていいよ。ぼくは経理に話しに行ってくるから」機材の上で点滅する画面に気づいて、音響技師はそう言った。「ちょっとここ空けるね」ゆいは何か返事をしようとしたが、彼はパンフレットを片手に、あっという間にいなくなっていた。

ささやかに、というゆいの希望に沿って、結婚の準備は進められていた。二人の名前は正式に同じ戸籍に載る。折り畳み椅子に座って手続きの完了を待ちながら、永遠に寄り添う二人の姿を想像する。そして特別な会ができるイタリアンレストランを貸し切って、立食パーティーを開く。

きっと毅が知りたいのは、同僚に食物アレルギーの有無を聞いたか、花が着るドレスは準備できているか、必要な書類が本籍地から届いたか。ゆいが何かで哀しくなっているなら、理由は何なのか。

それでもゆいには、質問はすべて同じ、それぞれ違うものに化けていても、たった一つの質問がしつこく繰り返されるのと同じに思えた。「ゆい、覚悟はいい？　本当に覚悟はいい？」

携帯電話は最後にもう一度震え、そして止まった。そのあとメッセージの通知が現れ、またすぐ無言になった。

彼女はメッセージを読んだ。「十九時に待ってます。花がまたお好み焼き食べたいって。どうですか？　とにかく後で！」

もう一度読んだ。「ゆい、覚悟はいい？　本当にぼくたちと一緒になる覚悟はできた？」


少なくとも三日前から、あまり適切とは言えないタイミングで、ゆいは突如として少女の姿を見るようになっていた。いずれ花が成長してそうなるであろう少女だった。髪の毛は今より多く、長くて、きついポニーテールにしばっている。その子が自宅の扉をくぐり、帰ってきたことも告げずに、大きな鞄を玄関の床にどさっと下ろす、するとその音が一気に家中に響き渡る。高校の制服を着ている彼女の脚は、今だってそれ以下を想像しがたいほど細いのに、それよりさらに細い。当たり前のように筋肉がついているのは、たぶんテニスかラクロスをしているからだ。

「今日はどうだった？」ゆいは尋ねた。

するとと花はぶっきらぼうに言う。「疲れた、夕飯いらない」

そして、バン！　部屋の扉が閉められ、その日は終わるのだった。

そして場面が変わる。

今度のゆいは、自分では見えていなくても、年老いているのが分かる。ゆいと花が二人とも台所にいて、ゆいが夕食の献立を（あるいは週末の予定かもしれない）挙げていく傍ら、花の口元は蔑むようにゆがみ、ゆいに、元は家族でなかったそのゆいに向かって、軽蔑の言葉を放つ。何か間違ったことを言っている？　彼女を非難している？　それとも、彼女の何かを否定している？　彼女が大切にしている何かを？

その怒りはたぶん、彼女に向けられるべきものではなく、役割の問題だった。ほとんどいつもそうだった。

そしてまた背景が変わり、幕が開く。

今度は玄関でも台所でもない第三の場所にいた。ゆいの口からとめどもなく小言が溢れ出す。宿題は、勉強しなさい、男の子との関係は慎重に、たった一度が一生になるんだからね、本当よ、絶対忘れられなくなるわよ、それにそのスカート、たくし上げすぎ（女の子がみなそうしているのだから、花だって確実にするだろう）、今つけてる口紅も赤すぎて下品、あなたの年にはふさわしくない。

そして最後に、花の部屋の入口で、身をよじらせて逃れようとする花を追いかけ、ゆいは言う。「花、出かけるの？　誰と？」

「ねえ、ゆい？　あんたに何の関係があるの？」

「だってわたしは、あなたの母親だから……」

「あんたはあたしの母親じゃない、あたしはあんたに何の借りもない」

本当のところ、（一）仮にゆいではなく明子だったとしても、何も変わらなかった。
（二）ゆいは、その言葉を自分に当てるような真似をするつもりはなかった。想像しただけで、それがふたたび彼女から奪われる可能性を考えたのとほぼ変わらないくらい、恐ろしさに体が震えた。

そう、何日か前から彼女が想像していたのは、思春期の花が、彼ら二人と、つまり毅と、そしてとりわけゆいと揉めに揉める、大人になる前のあの戦争の真っただ中に花がいる、そんな一連の場面だった。親にしろ、子にしろ、その時期は誰にとっても難しいものだ。ゆい自身にとって、それがどれほど困難だったことか。

娘を妊娠した時すでに、この子が思春期になったらどう向き合えばよいのかと悩んだことを覚えている。人生のうちのその一時のことに彼女は死ぬほど怯え、妊娠十二週目にお腹を見てもらっている時、産科医にそれとなく悩みを打ち明けた。すると女医は、モニター上のちっぽけな生命体とうろたえたゆいの顔を見て大笑いしたのだった。

その時、音響さんが収録ブースに戻ってきた。「顔が暗いよ、ゆいさん。大丈夫?」

いや、違う、もしかすると、彼女が恐れているのは全く違うことだったのかもしれない。正反対とも言えるだろう——花はとても従順だから、そのせいで、約束された思春期が訪れないかもしれない。あるいは、悪くすると、機会を無駄にしてしまうかもしれない。ゆいが本当の母親でないせいで、花が自分を責めるようなことがあったら? その年齢の子にはむしろ絶対に必要なはずの、ひたすら反抗的で批判的な一面を、みずから押し殺してしまったりしたら?

それもやはり、恐るべき事態だった。そしてそれはすべて彼女のせい、本当は家族でないゆいのせいなのだった。

「あの、もう一回テストしませんか?」ゆいは音響さんに向かって出し抜けにそう言った。「昨日放送中に変な音が聞こえたから、気になってきちゃって」


翌週は、どこにいても繰り返しその場面が頭に浮かんだ。レジでレタスとぶどうの支払いをしようとしている時も、駅のお手洗いに並んでいる時も、ラジオ局の入っているビルの入口で職員証をタッチする時も。彼女を悩ませるのはいつも大体同じ、特にあの嵐の荒波のような時期には、花に十分な愛を注いでやれないという感覚だった。

そうか、そうだったんだ。ある朝、鏡の前で自分の顔を細かく調べていた彼女はつぶやいた。問題は結婚することでも、家を離れることでもない。花の母親になることだった。

自分の娘を理屈抜きに可愛いと思えるまで、三か月はかかった記憶がある。自分が産んだということに違和感がなくなるまで、九か月はあった。さてこれが、自分が産んだのではない生き物だったら、しかもそれが大きな角のある羊さながら自分に向かってくる、避けようもないその時期を迎えたら、果たしてどうなるだろうか。

ゆいは自分が、花が十分に愛されているか否かという不安にばかり気をとられ、この問題のうち最も根本的な側面を見逃していたことに気がついた。

自分は花を愛することができるのだろうか？　それほどまでに気を遣わない間柄になれる？　花を叱れる？　「もういい加減にしなさい」なんて、花に言えるだろうか？

18

その二十三日間にゆいが考えた、二つの最悪の事柄

愛はある、でもそれが何かをもたらすことはない。愛で人が救えるか、考えれば分かる話だ。

愛は庭園を修繕することもなければ、家の中を整理することもない。愛は結局、そう役に立つものではないのだ。

娘との一番の思い出を探っていたら、ふと、幸せだったことを悔やむ気持ちに駆られた。あるいは、十分に幸せでなかったことを、かもしれない。

19

結婚まで二か月を切った。

何度目かの三月一一日が近づいてきていた。その日は、繰り返されるごとに穏やかになった。まるで傷の上にできたかさぶたを爪で引っ搔いて剝がし、傷口がもう癒着したかどうか見るようだった。

東京駅の入口を目指して歩いている時、携帯の画面に毅と花の電話番号がぱっと現れるのが目に入った。

わたしと話したいんだ、でもわたしから言うことは何もない。ゆいは考えていた。言いたいことならいつだって最低一つは心の中にあるけれど、今は何も伝える気になれない。

この数週間、彼女は人を避けていた。自分が出演し編集もする新しいラジオ番組の準備が始まったのだと彼女は言っていた。これが終わって最初の二、三回が放送される頃には、すべていつも通りに戻る、と。

ゆいは女性にぶつかり、すみません、と口ごもった。うわの空の彼女は不愛想だった。顔を上げて女性の目を見ることもせず、彼女は歩調を早めた。中央線のホームドアが開くと、彼女は右側の列に並んだ。電車は人で溢れていて、さらに何人もがその扉口に体をねじ込んだ。彼女も乗り込む。

「次は神田、神田。お出口は右側です」録音された声が流れた。整然とした調子、整然とした言葉。最初は日本語、次に英語。

ゆいは混み合った車内で通り道を塞がないよう、車輛を端から端へ移動した。

電車が左右に揺れ、駅に着く手前で速度を落としていく時、ゆいは今ふたたび思いを馳せた。毅の妻になったら、花にとっては彼女が母親になる。彼女だけが。

他の誰もそう呼ばれる権利はなくなる。本当にそれは、自分にふさわしいと思える？

ゆいは気分屋で、少々哀しみに囚われるきらいがあった。まるで、元からいくらか傾いて生まれたために、体質として、一方へすべり落ちてしまうようなものだった。

花のように繊細な生き物に自分はふさわしいだろうか？　内に隠し持った憂鬱が、少女を汚す恐れはないだろうか？

携帯電話の画面にメッセージの通知が現れ、アルファベットのDを横に向けたような形の口をした子熊が目に入った。子熊は両前足にお盆を抱え、〈うちでごはん食べますか？〉と持ちかけていた。

花はLINEのスタンプが大好きで、特にその熊のシリーズに目がなかった。そのスタンプを選んだのは彼女に違いなかった。花は時々こんなことも言っていた。大人になったら、オリジナルのスタンプを作りたい。そういうお仕事ってあるかなあ？

「次は御茶ノ水、御茶ノ水。お出口は右側です」

彼らから逃げ出すことに価値があるとは思えなかった。早く心を決めなければと決意し、ゆいは電車を降りた。


ゆいは自分のために二週間、時間をとることにした。毅は何か勘づくこともなく同意した。

花には理由を聞かれた。花は、ゆいが危機そのものの時を過ごしていることにも、その危機の原因が自分にあることにも気づいていない。花自身というか、少なくとも今はまだ存在しない、さらに言えば、未来にいるかどうかも分からない彼女だ。

口実として、ゆいは戸籍謄本を取りに行く、再発行してもらうのだと言っておいた。実のところその書類は何日か前にもう郵便で届いていて、今は台所に山と積まれた書類の中に、ファイルに入れて隠してあった。

何をしたらよいか分からない時、普段のゆいは何もせずにいた。だがその時にかぎっては、時間は貴重だったし、何より化学の溶液を作る時と同じで、分量を誤ればどれも無駄にしかねない上、元に戻すこともできなかったから、ためらわずに動いた。

気が変わってしまわないうちに、携帯を取り出し、その人に電話をかけた。

「鈴木さん、会いに行ってもいいですか？」ほんの短いやりとりのあと、彼女は聞いた。

「ゆいさん、いつでも歓迎ですよ」管理人はそう答えた。彼はゆいの声の調子から、何かあったことを直感していた。

「一日、二日のつもりです」

「居たいだけ居ていただいて構いません」

その時、ゆいは車でなく電車で向かった。両手を自由にしておきたかったし、何なら、目を閉じて眠りたかった。

新幹線にのる前に、いつものおにぎりとチョコレートを買いにコンビニに立ち寄ると、偶然、コピーをとろうとしている女性が目に入った。娘が、ローソンやファミリーマートのコピー機に夢中だったことを思い出した。ある時あの子が、コピーした紙が出てくるのを待つ間、機械の操作パネルに時間つぶしのミニゲームが表示されることに気がついた。二つのイラストはほとんど同じだが、異なる点が五つあり、それを見つけなければならない。つまり、一見同じに見えますが、どこが違うでしょう？　そういう問題だ。

たとえば、にんじんの入ったバスケットにまたがるうさぎの絵が二枚ある。片方のうさぎは服の袖が白と青の縞模様、もう片方は白と緑の縞模様。

片方の絵では赤いリボンがバスケットの右側にあるが、もう片方ではバスケットの左側にある。

晴れた空と、真ん中に雲が浮かんだ空。

にんじんが四本と、にんじんが五本。

ボタンが三ついたブラウスと、同じブラウスでもボタンが一つ多いのと。

ベルガーディアに向かう道すがら、イヤホンからボサノヴァを流し、開きもしない新聞を膝にのせて、ゆいは、娘と花の間にある五つの違いを考えていた。

ここ数か月、比較は絶対しないようにと思ってきたが、ちょうど数日前から心にひびが入ってきていたおかげか、その時は、それも自然なこととして認めることができた。少女二人は違うと同時に似てもいる。愛があれば、それぞれの子の違う部分を認めてやることもできなくないはずだ。

そして、五つと言わず何十もの違いを思い浮かべることができたゆいは、心配どころか、むしろ安心した気持ちになった。

ゆいは自分の行先を誰にも告げなかったし、周りも気を遣って質問しなかった。花には、大事な書類を取りに行くために地元に帰る、そこでは携帯はつながらない、と伝えた。少女は騙(だま)されてくれた。ゆいの言葉というより、父の不安そうな表情を見て信用したのだった。

完全に遮断され、自分から発信もしない三日間を経て東京に戻ったゆいは、いくらか元気になったようだった。

どこに行っていたか、誰にも言うことはなかった。毅にも。結婚した後も。

真相は実に簡単だった。鈴木さんが自宅の上の階の小部屋を使わせてくれ、彼女はすっかり大きくなって実家に帰ってきた娘のように甘えさせてもらった。目覚まし時計をかけずに眠り、おいしいものだけを食べた。そして、その場所に最初に導かれたきっかけである過去よりも、これから彼女を待つ未来について、多くのおしゃべりをした。

お返しにはささやかなことをした。お隣の女性がりんごの木を剪定(せんてい)する時に梯子(はしご)を押さえたり、屋根の排水溝をきれいにしたり、風の電話にニスを塗り直したり。にんじんとじゃがいもをむいたり、ソースを混ぜたり、エプロンの裾を縫い直したり、作業着のズボンの穴を繕ったりした。

鈴木さんと奥さんには、花の母親になる不安については何も言わなかった。その代わり、詳しい話をたくさんした。小学校が始まってから少女がそれは急速に成長していること、いつも一緒の友達がもう二人もできたこと、色々なことに才能があるから、正しく背中を押してそれを伸ばしてやる必要があること。

東京に帰る予定の日、自分のために一時間もらった。雨が降っていた。入口に鞄を置き、
電話ボックスに入った。
風の電話の受話器をとる。
初めて話しかけた。

20

ゆいが考えた、花と自分の娘の五つのまちがいさがし

違いその一　爪

花には爪を噛む癖があった。一日学校に行って帰ってくると、爪の白いところはほとんどフィヨルドみたいに食い尽くされて無くなっていた。一方、ゆいの娘はマニキュアを塗りたがる子だった。小さくとも要求は一人前で、青やすみれ色をしたエナメルを、ちっちゃな指先全部にのせてほしがった。

違いその二　食欲

花は食べない子だった。元から痩せすぎのゆいと同じくらい痩せていた。毅いわく、そ

れは年齢的なもので、体質ではないはずとのことだった。花の母は体格がよく、しっかり肉がついているのを良しとしていた。しかも服は一番大きいサイズを買っていた。そのうち一つ大きくなってLからXLに変わることも想像に難くなかったからだ。花はその体質を受け継いでいると思われたが、果たしてどうだろうか。成長を待つ必要があるだろう。この先、十年ばかりか。

一方、ゆいの娘は、食べるのがとにかく楽しい子だった。彼女も痩せていたが、こちらはもちろん体質的なものだった。「おなかすいた」あの子はいつもそうぼやいていた。「おなかすいたあああああ」立てるようになったら（十二か月か、十三か月くらいだったか?）、朝食や夕食が終わった途端、冷蔵庫に向かってよちよちと歩き出し、小さな手で扉を開け、その白い空間に手を突っ込んで、偉そうな口ぶりで追加を要求したものだ。「ビスケット！　ヨーグルト！　にんじん！」

違いその三　声と歌

花は歌を歌わなかったが、音楽を聞けば優雅な気分になるようだった。もしも歌ったら――ゆいは考えた――きっとすごく上手だろうな。

ゆいの娘はまるでもつれた弦のようで、その一本一本をメロディの中でほどいているみたいに聞こえた。でも、あの子は自分のわずかな語彙をもとに歌詞を作り、ナンセンスな文を組み立て、世界一素晴らしい曲ができたとでも言うように、自信に満ちた様子をみせた。「ママ、聞いて」そう言って開いた口から、母音と平凡な単語の連なりが流れ出す。どれほど笑ったことか。

違いその四　分類と遊び

ゆいの娘は、色で物をまとめていた。付箋も本も人形も、白、紫色、紺色、ただそれだけの理由でごく自然に集められていた。

花が見るのは実用性だけだった。物はあるがままにしておく。傍目には何の分類もしていないように見えた。内緒でしていたかもしれないが。

違いその五　しぐさ

ゆいの娘は本物のおてんばだった。

花は、ゆいが見た中で間違いなく一番物静かな子だった。

21

毅とゆいは、〈あれから〉何があったか、あの話はどうなったか、よく知りたくなった。夜中にベッドサイドの照明を消す前に、二人で声をひそめて延々語り合った。若者やお年寄り、夏服、細い三つ編み、分厚いコート、ほかにも色々あった細かいこと——ベルガーディアの電話ボックスの受話器を手にしていた人々を、一人一人、つぶさに思い返した。

ゆいは、光に飢えた木の幹みたいに、急(せ)くようにしてあの電話に伸びてくる子供たちの手を、とりわけ愛しく思い出した。

配偶者を失って哀しみにうちひしがれた男女を多く見たが、その中には毅のように、数年経って再婚することになった人がいた。それから先立った恋人を今も思い続ける人がいたし、様々な事情で亡くした子供や、自分より短い生涯を終えたきょうだいに会いに来る、背中の丸いお年寄りがいた。

それらの物語には結末がなかったから、ゆいと毅は、彼らには輝く未来が訪れる、生きていく中で必ず何かの形で報われる、そんな終わりを創作することにした。最善を願うことは、二人にできる最大のことだった。

それでもいくつかの繋(つな)がりは、意識してずっと大切に育てていくつもりだった。たとえば啓太だ。東大に通うため東京に越してから、彼は時折、ゆいたちの家に夕食を食べに来るようになった。以前より回数はぐんと減ったものの、たまに二人がベルガーディアを再訪する時には彼も合流して、ゆいたちと一緒に移動したり、妹や父と一日を過ごしたり、風の電話で母に自分の活躍ぶりを報告したりするのを楽しんでいた。

ところが、台風で息子を亡くしたあの父親については誰もその後のことを知らず、毅は残念に思っていた。鈴木さんの家の小部屋であの人がした長い懺悔(ざんげ)は今も鮮明に思い出せたし、あの純粋な言葉を聞いたからこそ、あの夜、東京に帰る車中の自分とゆいの間に、記憶にあるかぎり最も濃密な会話が生まれたのだ。そう思っていた。

それから二年後のある日、インタビュー場所の銀座のカフェを目指し、息せき切って走っていたゆいが、その人のしるしを見つけた。毎週一冊だけを店頭に置く小さな独立書店の書棚に、金色の文字が見えたのだ――『不滅の時代』。

予定に遅れそうで焦っていたけれど、目に入ったタイトルに導かれた。足を止め、まさにその本は数年前にベルガーディアで出会ったあの人が書いたものと分かった瞬間、それを買った。

その夜、ゆいは夫と一緒にその本のページを繰った。そこに隠されたメッセージや呼びかけ、そして生きている人の世界と亡くなった人の世界との間にあり続ける調和を、彼女は確かに感じた。

「ほら、ここ」彼女は毅に言った。

味気ない献辞（健剛へ、父より）だったが、読んだ二人はじんとなった。そこにはもう恨み言も「馬鹿」もなかった。そして二人は考えた。夢の中へと持ち越された彼らの会話は、今この時も続いているだろうか。

鈴木さんに電話をかけて本のことを伝えると、管理人はほっとした様子だった。あの人はベルガーディアにはもう何年も姿を見せていなかったけれど、彼なりに息子と話す方法を見出したことは明らかだった。つまるところ、それこそが誰しもに求められることだった。苦しみを和らげ、傷ついた生を癒すための場所は、それぞれがみずから作り出す。その場所は、一人一人違うものなのだ。

22

その日ゆいが入った東京の書店の住所

東京都中央区銀座一—二八—一五　鈴木ビル一階

森岡書店

エピローグ

ゆいは今、昼間の番組を二本持っていた。家族で夕食をとるのが何より好きだったから、夜まで仕事をするのはやめた。毅や花と食卓でその日一日を振り返った。そして結婚式の後は、夫の母も以前より頻繁に加わるようになった。

ゆいは帰宅した途端に義母から飛んでくる矢継ぎ早の質問を煩わしく思ったし、明子と全く同じように、義母のおしゃべりは過剰だと感じていた。とはいえ、それを負担に感じたりはしなかった。というのも、ゆいはしばらく前から、収録スタジオの外では話すのが苦手になっていたからだ。彼女が好きなのは、黙って家の片隅にいながら、その中心に生まれた温かく美しいかたまりを眺めていることだった。花と毅と彼女自身が、いつだって同じように繰り返される日常的な場面の中にいる。居間で、台所で、あるいは寝室で。

愛しい二人の顔に諦めや疲れが浮かんでいる時は、むしろいっそうの喜びをもって彼らに触れた。ゆいは人の疲れた顔や沈んだ顔が好きだったが、そう言っても相手には信じてもらえなかったり、変なお世辞だと思われたりするのだった。暗にこう言っているように聞こえるからだ。「疲れてるみたいだね、でも、だからといってあなたは醜くないよ」。それで気分を害する人すらいた。それでもゆいは真剣だった。疲れた顔こそ、彼女にとっては最も魅力的だった。時折、こうして毅に恋をしたのは、朝の四時に渋谷で待ち合わせ、疲れ切った顔の彼に会っていたからかもしれないと考えることもあった。

ゆいの新しい子、いつか彼女の中に芽生えるその子、初めてベルガーディアを訪れた日のゆいがつゆほども想像しなかったその子は、大きくなって初めて、母がそんなふうに脆さを愛したことを知ることになる。あたかも辞書に載っている定義のように正確な、まるでむきだしの脆さを、彼女は周囲の人々の内に見たのだった。

それは彼女が、ずたずたの心になって、山にへばりつくような、海の見える体育館で過ごしたあのひと月から始まった。どの海でもよいわけではない。地上に押し寄せ、そして引いていったあの大海だ。

脆さというものを、ゆいは誰より自分自身の心の内に知った。二〇一一年の三月に始まり、終わることなどないように思えたあの数年の、ふとした隙間に。毅に出会った日に。そして、ついに風の電話の受話器を手にとり、母と娘に話しかけたあの日に。

ゆいは自分自身の脆さについて話すのを好まなかった。けれど、最終的にはそれを受け入れ、そのことがきっかけとなって、ふたたび自分自身を大切にするようになった。そしてそのことが彼女を、人間の中の最も真なる部分に繋げてくれた。それこそ、人は自分のそばにいる、人は他者の生の一部をなしている、と感じさせてくれる唯一のものだった。

もしも今問われたとしたら、胸を張って言えた。生きることは苦しい。時とともに、数えきれないほどのひび割れや、弱い部分ができていく。けれどもまさにそうしたものこそが一人一人の物語を決定し、もう少し先で何が起こるか見てみたいと、先に進む気持ちにさせるのだ。

ゆいはある日涙を流すだろう。それは洗礼であり、同時に葬儀でもあるだろう。

横浜駅で下車し、花と一歳の男の子をアンパンマンミュージアムに連れて行く。その子の背中にぴったりと背負われているのは新幹線を模したリュックサック、色はエメラルドグリーンとピンクだから、東北地方を走る電車だ。突然、ちびっ子が体をくねらせ、抱いている父の腕を逃れてエスカレーターに飛びのろうとした。上りを怖がる分、それと同じくらい、下りが大好きなのだった。

反対方面へ向かう電車が到着した瞬間、まさに今彼らが立ち去ろうとしていたプラットフォームに大きく響き渡る声で、子供は叫んだ。「ママ!」あまりにはっきりとそう言ったものだから、彼らは全員その場に立ちつくした。

その日、予告なしに、その言葉が彼女の元にふたたび訪れた。

そう、ゆいと毅の子が初めて彼女を呼んだのだった。

片手にお茶のペットボトルを持ち、もう片方は花と手をつないだまま、ゆいはぴたりと止まった。

「何て？　何て言った？」第三者である夫に尋ねる。周囲に中国人の団体観光客が集まってきて、スカーフのように彼らを包み込みつつあった。

「ママって言った」

それは究極にありふれた、驚くべき出来事だった。今までで一番の。

混雑した駅の構内によく訓練された声が響き、行先は、到着の電車は、停車時間は、お出口は、と繰り返す中、彼らは全員そこにつっ立ったままでいた。事の重みを直感したのだった。

毅は曲芸師のようなかっこうで片腕に息子を抱えながら、空いているもう片方の腕で、ゆいまで一緒に抱き寄せた。すると、彼の母の言う〈伝染〉が起きた。その言葉のもつ力に気づいた花が、自分も、ママ、と言い出したからだ。ママ、ママ。彼女ははしゃいで繰り返した。まるでそれが大人を喜ばせ、子供を恍惚（こうこつ）とさせる、魔法の呪文であるかのように。

「ゆい」とか「ゆいちゃん」と数年呼ばれ、そして「ママ」がやってきた。それ以降、三つの言葉は、明確な理由なしにいつでも入れ替わるようになった。

それは喜びが生まれた瞬間だった。喜びは、ふたたび彼女のもとに返された言葉の中にあった。その言葉はいつも彼女に過去を思い出させ、同時に未来を強く確かなものにする――ちょうど今そこに生まれつつある風のように――そこ、まさにそこだった。行き交う二本の電車の間。電車は横浜駅にすべり込むとまたすぐに出発し、あちらの方向へ走り去ったかと思えば、慌ててまたこちらに駆けつけた。

すべてのものは帰ってくる。ふさわしい名前で呼ぶ、それだけでよかった。

たった一つの単語の範疇（はんちゅう）に、大きく異なる複数の感情が共存することはあり得るだろうか？　ある一つの気持ちのもとに言葉を用いる時、もう一方に尾をひかせないことはできるだろうか？

いや、おそらくできない。それはまるで、花にチョコレートを食べさせる時に顔中チョコまみれにならないようにするとか、彼らの赤ん坊が歩くことを覚える時にめったやたらとあざだらけになるのを防ごうとするようなものだ。

必要なのはその言葉を強くすること、一時間に三十回だっていいから、何度も何度も繰り返し呼んでもらえる、一つの名前にすることだ。

ゆいは理解していた。不幸には、喜びが残した指の跡がある。わたしたちの心の中には、指紋が残されている。愛することや、幸せと不幸せを同じ物差しで教えてくれた人たちのものだ。わたしたちは、そんなわずかな人たちから教わってきた。感情はどうやって見分ければよいのか、そして混じり合った部分は、どう理解すべきか——その混ざった部分は時にわたしたちを苦しめるけれども、わたしたちに違いをもたらす。それぞれを特別な、違う人間にするのだ。

毅もその話を認めてくれた。その日の夜も、それから先、何年が経っても。

「進めば進むほど、強く思うんだ」彼は言った。「ぼくらはみんな、初めの言葉の時で止まってるってこと」

ゆいが風の電話で最初に言ったこと

もしもし?
ゆいです。
お母さん、ゆいです。

ゆいが風の電話で二言めに言ったこと

もしもし？
さちこ？
ここだよ、ママだよ。

参考文献

佐々木格『風の電話――大震災から6年、風の電話を通して見えること』風間書房、二〇一七年

矢永由里子、佐々木格『「風の電話」とグリーフケア――こころに寄り添うケアについて』風間書房、二〇一八年

Foenkinos, David, *La délicatesse*, Gallimard, Paris 2009.〔ダヴィド・フェンキノス『ナタリー』中島さおり訳、早川書房、二〇一二年〕

La Sacra Bibbia, Edimedia, Firenze 2015 (nella traduzione a cura della conferenza Episcopale Italiana).

大切な注意事項

風の電話は観光地ではありません。

地図で探すことは控えてください。あの重たい機械の受話器をとって亡くした人と話す意志がないかぎり、鯨山へ足を伸ばすことは控えてください。

首からカメラを提げて行くことも、携帯電話を取り出すこともやめてください。その代わり、みなさん自身の心を近くに感じてください。電話ボックスへと続く小道を進む時は、心に優しく触れ、落ち着かせてください。心はおのずから開くはずです。

地球上には、存在し続けることに意義のある場所があります。それらはわたしたちの存在や、わたしたちの経験以上に重要なものです。たとえばアマゾン川流域の密林や、古代ギリシャの植民都市セリヌンテ、イースター島の石像。それらは、わたしたちがいつかその場所を訪れるにしろ、一生訪れないにしろ、いずれにせよ存続すべきものです。そうした場所の一つが、風の電話なのです。

わたし自身、そこに行くことを長くためらったものです。何年もの間、仕事があるから、東京から遠いから、二〇一一年の災害の被害を受けた地域でアクセスが困難だから、あるいは、妊娠中だから、授乳があるから、小さい子がいるから、そんな言い訳をしてきました。本当は、その場所をわたしよりもっと必要としている誰かから何かを奪うこと、彼らの時間や自由をわたしが取り上げてしまうことを恐れていました。

けれど、この本を書くことで理解したのです。希望について語ることがいかに大切か。そして文学の役割は、この世界に生きるための新しい方法を提示することであり、同時に、この世とあの世、二つの次元を結ぶことであると。

わたしにとって風の電話とは、主に、喜びを、少なくとも苦しみと同じくらいしっかりと自分のもとに捉えておくことがどれほど尊いことか、それを伝えるメタファーです。わたしたちは、生きてゆく中で何かを奪われる経験にぶつかったとしても、心を開けば、人生から与えられる多くのことをまた新たにそこへ加えていくことができるのです。

佐々木格(いたる)氏は、奥様と一緒に、ベルガーディアのガーデンをお一人で運営されています。このような素晴らしい場所の存在や、風の電話を支える慈善基金を——なお、地域と住民の支援を目的として毎年開催されている多岐にわたる活動も、この基金を通じたものです——援助したいと思われる方は、公式ウェブサイトを参照してください。
https://bell-gardia.jp/about/
寄付のための基金の詳細はこちらに記載されています。

謝辞

この本は、あの素晴らしい場所――すなわち風の電話と、それを構想し、さらにそれを必要としていた、そして今も必要としている人々と寛大にも共有してくださった、佐々木格氏のおかげで生まれた。小説に登場する管理人の人物像は、佐々木氏から受けた自由なインスピレーションのもとに描かれたものであり、同様にベルガーディアという背景設定も、必然的に個人の感じたところの産物である。かの場所は、まさにそれが本来備えている精神性からして、訪れる人それぞれ異なるものに感じられることだろう。

とはいえ、庭園の名前はそのまま残すことにした。それは佐々木夫妻のたゆまぬ努力と広い心に敬意を表すため、そしてベルガーディアが、世界一強い回復の場の一つとして一般の記憶に刻み込まれるように、との祈りからだ。

ベルガーディアは、何年もの間にその地を訪れた人々によって、神秘的かつ深い精神性を帯びた場所に変わった。これをめぐる風説は、言うまでもなく、死を悼む経験をした個人や家族らから生まれたものだ。したがって、ここで彼らにも感謝の念を示したいと思う。

この物語を支えてくれた人々へ。まずこのような形式になったのは、大好きな友人であるクリスティーナ・バネッラとラウラ・サンマルティーノに負うところがとても大きい。ラウラ、タイトルありがとう！　それから、根気強く、いつも側にいてくれて、一番初めからずっと信じていてくれたマリア・クリスティーナ・グエッラ。はっきりと信頼を示してくれるからいつも感動を覚える、フランチェスカ・ラング。スペシャルサンクスは、物語の筋に深みを見出してくれたラウラ・ブオノコーレと、この本にたくさんの愛をくれたピーナに。ディエゴ、あなたも、本当にありがとう！

愛情の基礎の内には、いつだって自分の家族がいる。ようやく完成。根源から末端まで。特別な想いをマリオ・ディ・ジューリアのもとに。フランカの光り輝く思い出に。こんなにも強いのだから、いつまでも残る運命のその愛に。

夫の両親である、大好きな今井よう子・今井庸介の助けがなかったら、この小説を書くための時間は見つけられなかった。あなたがたには本当に感謝しなければならなくて、いくらしてもしきれない。

池上桜子さん、松原鮎美さん、府川恭子さん、公共の場であると同時に私的な場の空気をありがとう。あの場所で、数えきれないほどの時間を費やして、わたしはこの小説を書き上げることができた。それと似た重要な理由から、川瀬玲子さん、三浦雪さん、斎藤桃子さん、島本輝実さん、そしてとりわけ、二〇一一年に出身地を襲った津波に関する貴重な資料を提供してくれた笹川菜乃香さんに、心から感謝する。

作品を国外へ届けることに貢献した方々に感謝を述べるというのは珍しいことだが、実際、『天国への電話』は、出版の数か月前に並々ならぬ注目を浴びるという光栄にあずかった。これにかんして、ルイーザ・ロヴェッタ氏と、グランディ・エ・アッソチャーティ社の素晴らしいスタッフの皆さんに深くお礼を申し上げたい。この本の手をとって世界中へ連れて行ってくださった、クリスティーナ・デ・ステーファノ氏、ヴィクトリア・フォン・シラッハ氏、カテリーナ・ザッカローニ氏、トマーゾ・ビアンチャルディ氏、他にも多くの方々に、感謝を申し上げます。

東北の大震災の直後、福島で起きた原発事故とその政治的、環境的影響に、世界中の関心が集中した。

本書は意図的にそれに触れていない。

本書は、二〇一一年三月一一日の大津波の犠牲者に捧げられたものである。

参考文献・出典

『現代語訳 古事記』蓮田善明訳、岩波現代文庫、二〇一三年
『聖書 新共同訳』日本聖書協会、初版一九八七年
『聖書 聖書協会共同訳』日本聖書協会、初版二〇一八年
宮本武蔵『五輪書』佐藤正英校注・訳、ちくま学芸文庫、二〇〇九年

訳者あとがき

『天国への電話』（イタリア語原題：*Quel che affidiamo al vento*）は、二〇二〇年に刊行されるや、たちまちベストセラーとなり、作者ラウラ・今井・メッシーナを一躍有名にした小説です。

二〇一八年頃までに書き上げられた本作のプロトタイプには、当初、*Telefono al vento* という題がつけられていました。この小説のまさに中心にあり、多くの登場人物を束ねる存在といえる、実在の「風の電話」そのものを用いた題名です。

二〇一九年、イタリアの出版社ピエンメが本作の版権を得、それから原書の刊行に大きく先駆けて、三か国が翻訳出版権を取得します。さらに同年秋、世界最大の書籍見本市であるフランクフルト・ブックフェアにて次なる大ヒットの最有力候補と目されたことにより、国際的にいっそう大きな注目を集めました。

二〇二〇年一月、本書は*Quel che affidiamo al vento*（直訳：「わたしたちが風に託すもの」）と名を変え、満を持してイタリア本国で発売されました。すると見る間に大反響を呼び、発売からほんの数か月のうちに、イタリアで最も多く読まれ、愛される一冊として国内で幅ひろく認知されることとなったのです。イタリアでは早くから映画化が決定し、二〇二一年には人気イタリア人漫画家による挿画を加えた新版が発行されるなど、作品と作者の人気は今も高まる一方です。翻訳出版がなされた国の数も一気に増え、二〇二二年現在、すでに三十か国以上を数えるとのことです。

この物語がイタリアで爆発的な人気を博し、これほどまでに数多くの国境を越えて、日本に親しみをもつ一部の読者のみならず広範な支持を集めた、その理由は果たして何なのでしょうか。これまでも世界中の愛読者から様々な感想が寄せられていますが、〈喪失と回復〉〈心に受けた傷の治癒〉といった主題の普遍性こそが、読者の関心と共感を呼んだ最大の要素ではないかと訳者は思っています。

物語の舞台は岩手県大槌町。大槌湾を望む鯨山のふもとに、ベルガーディアと名付けられた広大な庭園があります。庭の中心に設置された白い電話ボックスの中には、一台の黒電話。電話線のつながっていないその電話は、声を風にのせ、空の上へ届けます。ベルガーディアでは、大切な誰かを亡くした数多くの人々が、この電話の受話器を取り、天国にいる人たちとつながるのです。

ある年の九月、大槌町は、猛烈な勢力で襲いかかる台風の真っ只中にありました。そこへひとりの女性が遠方から駆けつけ、命がけでベルガーディアの庭園を守ろうと、激しい暴風雨のなか孤軍奮闘します。彼女の名はゆい。二〇一一年三月一一日、あの日を境に、人生が一変した人でした。ゆいのふるさとを押し流した大津波は、母と幼い娘をも呑み込み、彼女から生きる喜びを奪い去ったのでした。

東北での避難所生活を経て、今のゆいは、東京に暮らしながらラジオ局に勤めています。ある日、ゆいはひょんなことから「風の電話」の存在を知り、導かれるようにして大槌町へと赴きます。そして辿り着いたベルガーディアで、ゆいは毅（たけし）という男性に出会います。ゆいと同じく東京から来ている毅には、まだ幼い娘がいるのですが……。

ゆいはこの後、風の電話への訪問をきっかけに多くの人に出会うことになります。毅とその家族、ガーデンの管理人である鈴木さん、地元の漁師の息子シオ、まだ高校生の啓太。登場人物の年齢や背景は様々に異なりますが、それぞれが、今は亡き大切な人への想いやわだかまりを胸に、風の電話と、そこで起こる出会いを通じてみずからと向き合ってゆくのです。

台風のなかの風の電話というドラマチックなシーンで始まる物語の扉をあけると、各章のあいだに断章風のページが置かれていることに気がつきます。直前の章から少しだけ切り取ったような日常の細部。ゆいの心覚えと周囲の観察、生活のメモ、いくつもの思い出。それは物語を読み進めるための短い休息時間のようでもあり、重い主題を広げるテクストの生地に細やかにほどこされた針仕事のようでもあり、本書の特徴をなしています。

それから、最大の魅力ともいえるのが、語りの言葉そのものの美しさです。作者の文章のもつ詩情は、風の電話を抱く庭園の情景と見事に調和しています。もしかするとそういう点にも、本書の人気の秘密が見出せるかもしれません。

ところで、この作品を読み返すたび、ここに描かれる日本には一種独特の趣があると感じます。実在する場所、よく見知った場所が登場し、日本に暮らす者からすれば「生活感あふれる」事物の数々が、ありのまま物語に織り込まれているにもかかわらず、ここに描かれる世界はなぜか不思議とこの日本であってそうでないような、まるでこの世のどこにもない場所とか、時空の狭間にある世界のように映るのです。それは主題のもつ普遍性、国境を越えた作者の感性から来るのでしょうか。

初めに記したとおり、本書はすでに三十か国以上で翻訳されています。海外の読者の反応をみると、面白いことに、彼らはまるで水の中の水のように違和感なく、この物語を受け入れ、文化的な異質性を感じていないようなのです。日本の物語であるのに。

昨今では、海外出身の作家が日本を舞台に小説を書いたり、日本語で詩を編んだりすることが稀ではなくなっています。では、ラウラのこの作品の場合は？　日本人の家族をもち、日本語も堪能な書き手が母国語のイタリア語で書いた作品。舞台は現代日本と震災後の東北。主な登場人物はすべて日本人です。それでいて、この小説にはやはり独特のエキゾチシズムが漂っている。もちろん、一見してわかるような、安直な異国趣味などでは全くありません。作者のまなざしは真摯で知的好奇心に満ちたものであり、観察対象を内側から見つめる視線であることは明白です。

私見ですが、こうした不思議な感覚は、登場人物たちが巡らせる思考や、彼らによって語られる記憶の内に、西洋文化を背景にもつ人ならではの教養や思考や体験が、ひそやかな通奏低音として流れているからではないか――そんな気がしています。登場人物のシオに託された〈キリスト教〉も、おそらく重要な手がかりのひとつでしょう。

訳者は中学・高校時代をミッションスクールで過ごし、十代の頃にはキリスト教の教えに触れる機会が数多くありました。といっても訳者の場合、考えれば考えるほど聖書の言葉に矛盾を感じる、どうしても納得がいかないことがしばしばあったため、どちらかというと反発を感じていたものです。けれども、そのためにいっそう、それ以降も神とは何か考え続け、高校の最終学年に上がる頃、当時の自分なりの考えがまとまりました。「神とは、目には見えなくても常にわたしたちの周囲にあり、自らの内にわたしたちを抱え込みながら、留まることなくつねに流れ続ける、そんな大気のような何かなのではないか」細かい表現は忘れましたが、そんなことを書いた日があったなと、本書のなかの聖書と風の描写を読んでふと思い出しました。

さて、日本の読者の方々にはこの作品がどう見えるでしょうか。もし日本の読者に特別な立場があるとしたら、あるいは日本の読者から新しい視点がもたらされるなら、果たしてどんなものになるか。新たな展開に期待して待ちたいと思います。

二〇二〇年のイタリア読書界を席巻し、著者にとっての出世作となったこの素敵な作品を翻訳する機会をいただけたことは、訳者にとって大きな喜びであり、名誉です。翻訳刊行にあたって多くの貴重な助言をくださった早川書房の吉見世津氏、窪木竜也氏に心よりお礼を申し上げます。そして、一介のなまくらな学生であった訳者に脱稿まもない大切な原稿を読ませてくれ、日本語版の翻訳者に推薦してくれた著者ラウラに、この数年間の遅い進捗のお詫びと、心からのありがとうを。

この作品が、ここ日本でも多くの方々に届くことを願っています。

二〇二二年五月

訳者略歴　中京大学国際学部特任講師，上智大学非常勤講師　東京外国語大学大学院総合国際学研究科博士前期課程修了　訳書『どこか、安心できる場所で：新しいイタリアの文学』パオロ・コニェッティ他（共訳）

天国への電話

2022年6月10日　初版印刷
2022年6月15日　初版発行

著者　ラウラ・今井・メッシーナ

訳者　粒良麻央

発行者　早川　浩

発行所　株式会社早川書房
東京都千代田区神田多町2－2
電話　03－3252－3111
振替　00160－3－47799
https://www.hayakawa-online.co.jp

印刷所　株式会社亨有堂印刷所
製本所　大口製本印刷株式会社

Printed and bound in Japan

ISBN978-4-15-210143-3 C0097

乱丁・落丁本は小社制作部宛お送り下さい。
送料小社負担にてお取りかえいたします。